Félix Bungener

Abraham Lincoln - Sein Leben, Wirken und Sterben

Félix Bungener

Abraham Lincoln - Sein Leben, Wirken und Sterben

ISBN/EAN: 9783743620759

Hergestellt in Europa, USA, Kanada, Australien, Japan

Cover: Foto ©Raphael Reischuk / pixelio.de

Manufactured and distributed by brebook publishing software (www.brebook.com)

Félix Bungener

Abraham Lincoln - Sein Leben, Wirken und Sterben

Abraham Lincoln.

Sein

Leben, Wirken und Sterben,

von

F. Bungener.

Autorisirte Uebersetzung.

Bern,

Verlag von Carl H. Mann.

1866.

Lincoln.

I.

1809—1831.

Die beiden Pfähle. — Die Sonntagsschule. — Der Abschied in Springfield. — Was aus diesen drei Dingen hervorgeht. — Der wahre Lincoln und die große Lektion.

I. Ein Gefährte Penn's, des Quäckers. — Auswanderungen nach Kentucky. — Thomas Lincoln und Nancy Hanks. — Der 12. Februar 1809. — Erste Kindheit. Auswanderung nach Indiania. — Das Blockhaus. — Was man darin finden konnte. — Der Vater. — Die Mutter. — Das Evangelium.

II. Rothwendigkeit des Unterrichts. — Mangel an Büchern. — Aesops Fabeln. — Das Leben Washingtons. — Das verdorbene und bezahlte Buch. — Hatte das Kind Zukunftsahnungen? — Die Pilgerreise. — Die Bibel. — Die verlorne und doch wiedergefundene Zeit.

III. Die Feder nach der Kreide und Kohle. — Im Ganzen
Ein Schuljahr. — Der Friedensstifter. — Vom vierzehnten bis
zwanzigsten Jahre. — Der Holzhauer wird Fährmann. — Rau-
hes Leben auf den Strömen. — Die räuberischen Neger. —
Auswanderung nach Illinois. — Leiden. — Niederlassung.

In einer Stadt des Staates Illinois beschäftigte man sich eines Tages mit der Wahl
eines Kandidaten für die Präsidentschaft der
Vereinigten Staaten von Nordamerika. Plötzlich
lautes Beifallrufen; die Wahl ist getroffen. Was
ist vorgegangen? Wenig. Unter der gestirnten
Fahne der Union sind zwei Pfähle aufgesteckt
worden, die man sich aus der Einfriedigung einer
Farm geholt hat. Aber die beiden mit Bändern
und Blumen geschmückten Pfähle tragen einen
Namen — den Namen dessen, der sie dreißig
Jahre zuvor im Schweiß des Angesichts gehauen
hat. Dieser Name wird gefeiert und begrüßt
und diesem ehemaligen Holzhauer soll die Führung von 30 Millionen Menschen anvertraut
werden.

Eines andern Tages, im Jahre 1860, ward
in New-York Sonntagsschule gehalten. Da trat
ein Mann schlanken Wuchses und wenn auch

nicht schönen, so doch intelligenten, offenen Aus=
sehens ein. Niemand kannte ihn, aber er folgte
den Uebungen mit solcher Aufmerksamkeit und
nahm an denselben so lebendigen Antheil, daß
ihn ein Lehrer ersuchte, auch einige Worte an
die Kinder zu richten. Er willigte ein und vom
ersten Worte an, das er spricht, herrscht unge=
wöhnliche Stille und Aufmerksamkeit. Die Ge=
danken — die Worte — selbst die Stimme —
Alles geht den Kindern zu Herzen und prägt
sich aus in ihren Mienen. — Ernst bei den Er=
mahnungen; Freude bei den heiligen Verheißun=
gen. — Zweimal will er schweigen und zweimal
muß er wieder weiter reden. Endlich zieht er
sich zurück; der Lehrer frägt ihn nach seinem
Namen und erhält zur Antwort: „Abraham
Lincoln von Illinois.“

Und wieder eines Tages, den 11. Febr. 1861,
verließ Abraham Lincoln Springfield, um die
Präsidentschaft anzutreten. Eine große Menge
begleitet ihn. Beim Einsteigen in den Waggon
sagt er noch: „Meine Freunde, ich kann allein
wissen, wie sehr mich diese Trennung schmerzt.
Dieser Bevölkerung verdanke ich Alles, was ich
bin. Hier habe ich länger als ein Vierteljahr=

beiters beherrscht. Der Mann, den seine Mitbürger im Jahre 1859 den größten Fürsten der
Welt gleichzustellen suchten, war freilich der
Arbeiter, der Holzspalter, wie man ihn oft
nannte. Aber schon als Taglöhner war er
groß und schon als solcher um seiner erworbenen
Kenntnisse, um seines Talentes, um seines Cha-
rakters willen geachtet. Und was noch besser ist
als dieses Alles — er war ein Christ. Als
bloßer Arbeiter hätte er auch ein glücklicher Em-
porkömmling, ein Mann von Talent, ein gewandter Redner, ein Phrasenmacher, ein geschick-
ter, politischer, ja selbst rechtschaffener Mann,
aber auch ein Mann sein können, der die Vor-
theile der Rechenschaft wog. Aber Alles, was
bei andern den Verdacht des Scheins oder kluger
Berechnung zugelassen hätte, ging bei ihm spürbar aus tiefster Ueberzeugung hervor. Den Christen haben die Christen gewählt. Dem Christen
haben die Ungläubigen — bewußt oder unbe-
wußt — ihre Bewunderung und ihre Liebe gezollt; denn Alles, was Lincoln war, das war
er als Christ.

Das wollte ich in seiner Geschichte nachweisen.
Diese Zeilen sind daher für Jedermann, insbe-

sondere für die reifere Jugend bestimmt. Zu welcher Zeit wären solche Lehren nöthiger gewesen?

I.

Der erste amerikanische Lincoln muß ein Gefährte des William Penn gewesen sein; dieser aber gründete bekanntlich die Sekte der Quäcker. Umstände, die nicht bekannt geworden sind, veranlaßten die Familie von Pennsylvanien nach Virginien auszuwandern. Im Jahre 1780 übersiedelte ein Zweig der Familie — Vater, Mutter, drei Söhne und zwei Töchter — nach dem damals noch öden Kentucky. Kaum aber hatte die kleine Kolonie Zeit gefunden, sich eine Wohnung zu bauen und etwas Land urbar zu machen, so wurde eines Tages der Vater todt unter einem Baume gefunden. Alle Anzeichen wiesen darauf hin, daß sich die Wilden an ihm gerächt und ihm auf diese Weise die Störung ihrer Einsamkeit heimgezahlt hatten.

Die Familie zerstreute sich. Der jüngste Sohn, Thomas, blieb mit der Mutter allein zurück. Er ging als Arbeiter von Farm zu Farm und erhielt so zu sagen gar keinen Unterricht. Zwar lernte er lesen; was aber die Schreibekunst an-

belangt, so wußte er kaum etwas anderes als
seinen Namen herauszubringen. Darauf be=
schränkten sich auch die Kenntnisse der Nancy
Hanks, mit welcher er sich im Jahre 1806 ver=
heirathete. — Am 12. Februar 1809 gebar sie
ihm einen Sohn und zwar denjenigen, dessen
Tod unlängst die Welt erschüttert hat.

Im Jahre 1816 hatte der junge Lincoln
das siebente Altersjahr erreicht und ging bereits
mit seiner Schwester in die Schule. — Bald
aber setzte eine neue Auswanderung seinem ersten
Unterricht ein plötzliches Ziel.

Als ehemaliger Pennsylvanier mißbilligte
Thomas Lincoln die Sklaverei. Seine Nachbarn,
die zum Theil Sklavenbesitzer waren, ärgerten
sich über die Freimüthigkeit, mit welcher er sich
über diese schon damals brennende Frage aus=
sprach. In Folge dessen mußte er sich Plackereien
gefallen lassen, die seine Gegner um seiner Ar=
muth willen, um so ungescheuter ausüben durf=
ten, und die ihn endlich bestimmten, nach In=
biania auszuwandern. Dieß war freilich um jene
Zeit eben so unwirthsam als Kentucky im Jahre
1780, aber es war wenigstens rein von dem
Krebsschaden, der die Südstaaten befleckte. Zu=

erſt reiste er allein dahin ab und als er ein
Stück Land ausgewählt hatte, holte er die Sei=
nen nach. Mit drei Pferden trat die Familie
die mühſame Reiſe nach der neuen Heimat an.
Ja wohl mühſam: durch ungebahnte Wege und
faſt undurchbringliche Wälder zogen ſie und oft
genug waren ſie genöthigt, unter freiem Himmel
zu übernachten.

Bevor Lincoln eine Hütte bauen konnte,
mußte er ſich den Platz dazu verſchaffen. Der
Vater nahm ein Beil in die Hand, eines gab
er ſeinem Sohne und mit Hülfe eines Freundes,
der ſich bereits in dieſen Gegenden niedergelaſſen
hatte, wurde ein kleines Viereck ſeiner hundert=
jährigen Bäume, der bisherigen Alleinherren dieſes
Bodens beraubt. Dann erhob ſich die Wohnung,
16 Fuß lang und 16 Fuß breit. Die Mauern
beſtanden aus möglichſt zuſammengerückten Baum=
ſtämmen und waren in den Lücken mit Zweigen
und Thonerde ausgefüllt. Im Innern befand
ſich ein einziges Zimmer und über demſelben —
hart unter dem Dache — ein Plätzchen, welches
vermittelſt einer Leiter erreicht werden konnte. Hier
ſchlief nach vollbrachtem ſauerm Tagewerk der zu=
künftige Bewohner des Präſidentſchafts=Palaſtes.

Ueberschätzen wir übrigens diese Gegensätze
nicht! Würden wir ja doch sehr irre gehen, wenn
wir dieß Alles nach europäischen Verhältnissen
beurtheilen wollten. Diese plumpe Hütte, dieses
fast wilde Leben — sie hatten dort nicht das zu
sagen, was man etwa hier daraus entnehmen
könnte. Hier freilich gestatteten uns derartige
Zustände, auf ein fast unerträgliches Elend zu
schließen. — Ich habe die Abstammung der Lin=
coln's nachgewiesen. Diese alten Familien tragen
in sich eine Bildung, die ihnen eigen ist und die
sich nirgends verläugnet. Ihr helfen mächtige
Ueberlieferungen nach, Ueberlieferungen, die zu=
gleich einen kräftigen Damm gegen die Verwil=
derung bilden und vermöge deren sie auf einer
Stufe des Verstandes, der Moralität und der
Religiosität erhalten werden, die alles Erwarten
übertrifft.

Thomas Lincoln in seiner bescheidenen Hütte
war daher keineswegs, was man sich unter ihm
etwa hätte vorstellen können. Er war ein fleißi=
ger, ernsthafter, religiöser Mann, ein würdiger
Sohn der christlichen Auswanderer. Was seine
Frau anbelangt, so scheint man sie überall für
eine Frau von Geist und für eine gute Rath=

geberin gehalten zu haben. So viel ist gewiß,
daß ihre Kinder in ihr eine wahrhaft christliche
Mutter hatten, die mit vollen Zügen das selige
Evangelium genoß und zwar sowohl für ihre
Kinder als auch für sich selbst. Sie starb im
Jahre 1818. Abraham war noch nicht zehn
Jahre alt; aber er bewahrte eine tiefe Hochach=
tung vor ihren Lehren und vor ihrem Beispiel;
ja Alles, was er als Christ gewesen ist, ver=
dankte er nächst Gott seiner vortrefflichen Mutter.
Dieses Gottvertrauen, dieses Bedürfniß, den
HErrn in allen Fällen anzurufen, dieser Glaube
an den Sieg der Wahrheit und der Gerechtigkeit,
diese Heiterkeit in der Trübsal, dieses Wohl=
wollen gegen Alle, Feinde oder Freunde, —
alle diese Eigenschaften, die er später auf einem
so großen Schauplatze entfalten sollte, hatte er
in der Hütte seiner Heimath kennen gelernt und
nie sprach er den Namen seiner Mutter ohne
ernste und aufrichtige Hochachtung aus.

II.

Aber bei all dieser so eben geschilderten Ent=
wicklung empfand er lebhafter als viele andere
zu guter Stunde das Bedürfniß nach regelmäßi=

gem wissenschaftlichem Unterricht. Nicht daß er
sich versucht gefühlt hätte — die Folge hat's ja
deutlich gezeigt — vor den Jahren seiner Kind=
heit zu erröthen oder gar seines demüthigen
Vaters sich zu schämen; aber ihn beseelte Lern=
begierde und Wissensdurst und warum sollte er
nicht auch darin eine Führung Gottes erkennen?

Beim Tode seiner Mutter konnte er lesen,
aber kaum hatte er noch etwas Anderes als seine
Bibel gelesen. Die Bücher waren natürlich selten
in diesem vereinsamten Lande. Doch wußte sich
das Kind deren einige zu verschaffen, und oft
war es für die Pionniere der Umgegend ein
Gegenstand des Staunens und der Bewunderung,
wenn sie es lesend und nachdenkend durch's Ge=
hölz ziehen oder seines Weges gehen sahen. Sein
Vater, der nicht las und keineswegs seinen jun=
gen Abraham der Handarbeit zu entheben ge=
dachte, ließ sich doch so weit herbei, ihm einige
Stunden frei zu geben. Auch ermangelte er
nicht, wenn ihn sein Beruf in eine entferntere
Wohnung rief, für seinen unermüdlichen Leser
etwas aufzuspüren. Je seltener aber die Bücher
sind, je mehr sucht man die wenigen, ja selbst
die unbedeutendsten und inhaltslosesten auszu=

beuten. Und gewiß hinterläßt ein einziges Buch, das gelesen und wieder gelesen und betrachtet wird, das einmal den Gegenstand einer ernsten Geistesübung gebildet oder zu einer solchen Veranlassung gegeben hat, viel tiefern Eindruck als zehn andere, vielleicht bessere, die nur einmal nur so im Vorbeigehen gelesen werden.

Unter denen, die er damals las, scheinen besonders drei bleibenden Einfluß auf die Erweiterung seines Gedankenkreises ausgeübt zu haben.

Zu diesen gehören zunächst Aesop's Fabeln. Diese kleinen Erzählungen sind auch vorzüglich dazu angethan, in einem nachdenkenden Geiste nützliche Betrachtungen über Menschen und Dinge hervorzurufen. Wie oft bediente er sich später — in den Gerichtssitzungen sowohl, als in den politischen Kämpfen der Lehrfabel, um seine Gedanken zu erklären und den Thoren den Mund zu schließen.

Ein anderes Buch, das so gelesen und wieder gelesen wurde, war das Leben Washingtons von Weems und hieher gehört ein Zug, den wir nicht übergehen dürfen.

Eines Abends legte Lincoln den Band neben

sein Bett und des folgenden Morgens findet er ihn völlig durchnäßt. Der Regen ist gerade über dem kostbaren Bande durch das Dach gedrungen und das theure, seiner sorgfältigen Behandlung empfohlene Buch ist verdorben. Es bezahlen? ist unmöglich. Der Knabe hat nichts und an seinen Vater darf er sich vollends nicht wenden. Er läuft mit dem verdorbenen Buche zu dessen Eigenthümer, Herrn Crawford, zeigt ihm den angerichteten Schaden und verlangt den Werth abzuarbeiten. Ich kann mir schon denken, wie ein Theil meiner Leser den Schluß des Abenteuers vorauszusehen glaubt: Herr Crawford wird den großmüthigen Entschluß des armen Knaben belohnen und ihm das Buch schenken. Fehlgeschossen! Er that noch mehr, er nahm, obwohl gerührt, das Anerbieten an und befestigte so in dem Knaben das Gefühl der Verantwortlichkeit und der persönlichen Würde, welches ihn zu diesem Schritt bewogen hatte. Von da an waren ihm das Buch und dessen Held noch viel lieber und Jedermann weiß, was Washington allen Bürgern der amerikanischen Republik ist. Stiegen wohl dann und wann in Lincolns Seele, lsa er den Inhalt dieses Buches sich zu eigen

machte, schon solche Ahnungen auf, wie sie hie
und da das Gemälbe einer großen Laufbahn zu
wecken geeignet ist? Trugen ihn wohl schon hie
und da seine Gedanken mit einem fast unmerk=
lichen „Warum nicht?" auf jenen Gipfel, den
Washington erstiegen hatte? Sein ganzer Lebens=
lauf läßt uns einen derartigen Schluß nicht zu.
Lincoln hat schon beim Beginn seiner Erhebung
nie nach etwas anderem gestrebt, als nach dem
Grabe, der unmittelbar dem seinigen folgte und
gerade deßwegen hat sein Emporkommen einen
so festen, sichern und würdigen Verlauf genom=
men. Selbst als er auf dem Gipfel seiner
Macht angelangt war, hat er noch auf diese
Weise, ohne Angriffe, ohne Uebereilung, ohne
einen Schatten von Berechnung sich einen größern
und immer größern Namen erworben. In seiner
Geschichte findet sich ebensowenig als in derjeni=
gen seines großen Vorgängers irgend eine Pe=
riode, irgend eine einzelne Handlung, die man
zu verschleiern sich versucht fühlen möchte und
dieß darf wohl als der schönste Zug in seiner
Aehnlichkeit mit Washington bezeichnet werden.

Das dritte Buch war die berühmte Pilger=
reise von Bunyan. Es gehört dieses Buch

nicht zu benen, die Jedermann gefallen und Je=
dermann wohl thun können, aber benen, die es
lieben, nützt es sehr viel. Die Einsamkeit, in
welcher Lincoln lebte, und die Wälder, welche
er durchstreifte, trugen gewiß viel dazu bei, den
Eindruck, den Bunyan's Gemälde auf ihn mach=
ten, zu verstärken. Denn gerade da — im Rahmen
seiner Heimath — waren die Schilderungen und
Gemälde Bnuyan's sehr wohl angebracht — da
gewannen sie Leben durch die harmonischen Reize
einer unentweihten und düsiern Natur. Nichts
weist übrigens darauf hin, daß Lincoln in seiner
Frömmigkeit und in seinem Glauben der Ein=
bildung eine zu große Stellung eingeräumt habe.
Poetische Elemente nahm er nur insoweit in sich
auf, als sie sich mit einem positiven Glauben
und mit geradem Sinn vertrugen.

Brauche ich wohl noch hinzuzufügen, was
ein anderes Buch für ihn war, dasjenige näm=
lich, welches er noch auf den Knieen seiner
Mutter gelesen hat? O, er liebte es als den
Schatz seiner Voreltern, als sein Erbtheil für diese
und jene Welt, als die einzige wahrhafte Grund=
lage der Freiheit und der Größe seines Vater=
landes! Unter den oft erzählten Zügen seines

Lebens hat besonders einer viele Leute jenseits des Oceans, Protestanten leider ebensogut wie Katholiken, zum Erstaunen gebracht. Ein Freund Lincoln's hat erzählt: Ich habe ihn eines Morgens sehr früh besuchen wollen, und als ich von seinem Kabinet her seine Stimme vernahm, fragte ich, wer bei ihm sei und erhielt zur Antwort: Niemand, er liest seine Bibel. Dieß war in der That seine tägliche Gewohnheit. Und darüber erstaunten so Viele! Alle Morgen! Angesichts so vieler Geschäfte, die ihm nicht eine Stunde, ja nicht eine Minute für ihn selbst übrig ließen. Inmitten der ungeheuren Sorgen der Verwaltung und des Krieges! Nun ja wohl! — wer aber irgend den Werth der Bibel kennt, der weiß auch, daß gerade diese Stunde die am Besten angewendete war, und daß er in derselben für alle andern Kraft, Muth und Sanftmuth holte. Mehr als einmal ohne Zweifel hat er im Lauf eines schrecklichen Tages seine geliebte Bibel wieder geöffnet und zwar nicht, wie es einige kühne Wagehälse gemacht haben, um im ersten besten Vers, den er aufschlagen würde, eine göttliche Eingebung oder einen Befehl herauszulesen, sondern um sich wieder viel unmittel=

barer unter die Leitung des heiligen Geistes zu
stellen, von welchem getrieben die heiligen Männer
Gottes geschrieben haben.

III.

Kehren wir zu unserer Geschichte zurück.
Ungefähr im dreizehnten Jahre konnte er wieder
eine Schule besuchen. Er hatte bis dahin nur
mit Kreide oder Kohle und ohne einen andern
Lehrer als sich selbst geschrieben. Jetzt lernte er
eine Feder halten. Die Arithmetik entzückte ihn;
unglücklicher Weise war aber der Lehrer mit
seiner Wissenschaft bald zu Ende. So verhielt
es sich auch mit den andern Fächern und andrer=
seits fand der Vater, daß nun des Lernens nach=
gerade genug sei. Er mußte wieder zu den
rauhen Handarbeiten zurückkehren. Im Ganzen
hat er in den zwei Malen kaum e i n Schuljahr
durchgemacht. Nie sollte ihn ein Collegium oder
eine Academie auf ihren Bänken sehen, und um
Advocat zu werden, studierte er sein Recht ganz
allein. Ich kenne Studenten, die dieß sehr schön
finden und daraus gern auf die Unnöthigkeit der
academischen Studien schließen werden. Wenn
sie sich bereit erklären, zu arbeiten wie der Advokat

von Springfield, wenn sie uns gut stehen, daß sie es ihm an Fähigkeiten gleichthun und daß sie solche Talente wie er besitzen, könnte ihnen dieser Wunsch gewährt werden.

Seine Schulgefährten, deren einige ihn über= leben, haben besonders einen Zug seines Charak= ters hervor gehoben, einen Zug, der bei solcher Zusammenwürflung von Kindern des Waldes sehr auffällig ist. In der Schule war er eigent= lich der Friedensstifter, der die Händel Anderer zu schlichten und beizulegen wußte. Die Aufgabe war nicht immer leicht. Oft erhielt er Schläge, die nicht für ihn bestimmt waren; selten theilte er deren aus und dann geschah es nur, um einen Schwachen gegen einen Starken in Schutz zu nehmen. Wer hätte ihm gesagt, daß er eines Tages dem größten Kriege dieses Jahr= hunderts vorstehen und ebenso viel Menschen dem Tode entgegenführen würde, wie jener Napoleon, von welchem er oft als von einem Gott oder Dämon der Schlachten reden hörte? Aber wie eigenthümlich! Ob er auch dieß Alles that, so hat er doch die Anklage unüberlegter Kriegs= eröffnung und gewissenloser Kriegsführung nie verdient, und stets haben seine Schulgenossen in

ihm den Friedensstifter von ehemals wieder finden
können.

Vom 14. bis in's 20. Jahr hatte er immer
härtere Arbeiten zu übernehmen, und dazu war
er mit wunderbarer physischer Kraft ausgerüstet.
Auch an der geistigen Entwicklung fehlte es nicht;
wir kennen aber deren Einzelnheiten nicht und
dürfen wohl vermuthen, daß sie in Ermanglung
der Muße und der Bücher nicht immer der Art
war, wie es der junge Mann gewünscht haben
mochte.

Mit dem 20. Jahre eröffnet sich eine neue
Laufbahn; der Holzhauer wird zum Fährmann;
aber die erste Reise, die er als solcher unter-
nimmt, ist eine Schifffahrt von tausend bis
zwölfhundert Stunden, denn es handelt sich um
nichts geringeres, als auf dem Ohio und Missi-
sippi nach New-Orleans und von da stromaufwärts wieder zurück zu fahren. Vergessen wir
nicht, daß diese Fahrt im Jahre 1829, da man
noch weder Dampfschiffe kannte, noch der Segel-
schiffe, die nur bei ganz seltenen Gelegenheiten
in Anwendung kamen, sich bediente, auf un-
geformten Fahrzeugen vor sich ging, die man
eher Kähne als Schiffe nennen konnte. Oft

mußten die Arme die Ruder ersetzen. Die Fahrt stromabwärts war verhältnißmäßig noch leicht und selbst da erforderte es oft außerordentliche Anstrengungen, den Lauf zu leiten oder zu mäßigen. Aber stromaufwärts fahren und so dem Lauf des Vaters der Flüsse, wie die Wilden den Mississippi nannten, Trotz bieten, — das war eine erschreckliche, fast übermenschliche Arbeit. Man mußte selbst noch als Pionnier ganz besonders kräftig sein, um diese Aufgabe zu erfüllen. Die Reise dauerte Monate lang. Auf einer einzigen dieser ungeheuren Reisen konnte der Fährmann nach einander des Sommers Hitze tragen, des Winters Eis begegnen, den Fiebern des Südens und den Orcanen des Nordens ausgesetzt sein. Das Schiff selbst gewährte keinen oder fast keinen Schutz. Auch kannte man gewöhnlich kein anderes Bett als das Verdeck selbst; da schlief man in eine Decke eingehüllt.

Bei diesem Unternehmen finden wir also unsern Jüngling für 10 Dollars (50 Franken) monatlich angestellt. Der Führer war ein Sohn des Schiffseigenthümers; aber Lincoln, unser Lincoln, war der eigentliche Führer. Eines Tages kamen sie — von Negern angegriffen — mit

ihren Waaren kaum davon. Etwas weniger
Muth und etwas weniger Strenge und —
Alles stand auf dem Spiel. Kaum vermutheten
diese armen, durch ihre unglückliche Lage zum
Raube getriebenen Neger, daß ihr gefährlichster
Gegner bei der ganzen Schiffsmannschaft dereinst
der Befreier ihres Geschlechtes würde. Die
Reise verlief im Ganzen glücklich. Lincoln hatte
zwar keinen Antheil am Gewinn; aber er
erntete — und das hatte auch seinen Werth —
die Achtung ein, die man berufstüchtigen jungen
Männern zollt. Auch hatte er — und das war
ein weiterer Vortheil — eine viel klarere An-
schauung über die große Sclavenfrage gewonnen.
Hatten ihm ja doch die Ufer des Mississippi die
Sclaverei in ihrer unsittlichen und grausamen
Entwicklung gezeigt!

Aber nicht in Indiana sollte Lincoln die
Früchte dieser langen und vielseitigen Lehre ein-
ernten:

Eine Zeitlang bildeten die Fruchtbarkeit der
Ebenen von Illinois den Gegenstand fast aller
Gespräche. Thomas Lincoln, der ohnedieß ein
Freund der Veränderung war, ließ sich ebenfalls
zur Uebersiedlung dahin überreden. Im März

1830 reiste er mit seinem Sohne, seiner Tochter und seiner Frau (er hatte sich wieder verheirathet) ab. Ihm schlossen sich zwei Töchter dieser zweiten Frau mit ihren Männern an. Die Reise ward in Ochsenwagen gemacht und erforderte 14 Tage. Jetzt wäre ein Tag hinreichend.

Bald erhob sich am nördlichen Ufer des Sanganon, einige Stunden von Decatur, ein Blockhaus, welches die ganze Familie aufnahm. Der Sommer verlief gut; die Ernte war reichlich. Im Herbst wurden unsere Leutchen durch ein Fieber auf eine harte Probe gestellt; im Winter herrschte schreckliche Kälte. Unsere Pionniere hatten zwar Klee, aber fast kein Fleisch. Lincoln war bis dahin kein großer Jäger gewesen, alle seine Mußestunden hatte er den Büchern gewidmet. Nun aber legte ihm die Noth das Gewehr in die Hand und er war es, welcher durch drei Fuß hohen Schnee watend, seiner Familie für Wildpret sorgte.

Gegen Ende des Winters erfolgte eine neue Reise nach New-Orleans; die noch länger als die erste dauerte; denn man hatte sich noch höher im Norden eingeschifft. Lincoln legte abermals an den Tag, daß er nicht nur kräftig rudern

konnte, sondern auch noch manches Andere ver=
stand. Bei seiner Rückkehr übergab ihm sein
Patron die Leitung einer Mühle und eines klei=
nen Handelsgeschäftes. Er nahm es an. Dieß
geschah im Juli 1831.

II.

1831—1847.

I. Neu-Salem. — Der ehrliche Abe. — Hauptmann der Freiwilligen. — Kandidat der Legislatur. — Rasches Emporkommen. — Der Postmeister. — Der Geschäftsagent. — Deputirt in die gesetzgebende Behörde. — Advokat. — Gesetzgebende Arbeiten.

II. Die Sclaverei. — Die Grundsätze. — Wie die Frage damals stand. — Die wohlfeile Entrüstung. — Seien wir gerecht und begreifen wir die Lage der Dinge. — Nichtsdestoweniger eine schlechte Sache. — Noch schlechtere Vertheidiger. — Fortschritt rückwärts. — Gehässige den freien Staaten zugetheilte Rolle.

III. Lincolns Rede macht Aufsehen. — Seine Protestation von 1837. — Die Gesetzgebungen von 1838 und 1840. Lincoln als Advokat. — Die Befreiung und die untergehende Sonne. — Die Bibel und die Wälder. — Studium der Geschichte und anderer Wissenschaften. — Die Tariffrage. — Lincoln als Volksredner. — Genauigkeit, Vertraulichkeit, überströmende Beredsamkeit. — Eine Lehrfabel.

~~~~~~~~~~

I.

Wir sind mit dem, was man den ersten Theil von Lincolns Leben nennen könnte, zu Ende. —

Wir sehen ihn nun in einer Stadt, in Neu-
Salem niedergelassen, freilich in einer kleinen
Stadt und in der Reihe der unbedeutendsten
Handelsleute. Immerhin konnte aber diese un-
scheinbare Stellung in einem Lande, wie in den
Vereinigten Staaten die unterste Staffel sein der
Leiter, auf welcher Alles zu erreichen war.

Wenige Monate genügten und er war, wenn
auch nicht vermöglicher geworden, so doch in der
öffentlichen Achtung bedeutend gestiegen. Alle
suchten seine Freundschaft, Alle fanden in ihm
nicht nur den überlegenen, sondern auch den rechtschaffenen Mann im vollsten Sinn des Wortes.
Von daher datirt sich der Name: Ehrlicher
Abraham, gewöhnlich abgekürzt in honest Abe,
der erst nur als unschuldiger Beiname die Stadt
durchlief, hernach aber — von vielen Zungen ausgesprochen — das schönste und zugleich aufrichtigste
Lob in sich barg, das je ein Volk seinem Führer
gab.

Zwei Vorfälle zeigten ihm vom ersten Jahre
an, wo er schon damals stand.

Wilde Horden bedrohten Illinois, Lincoln
trat in eine Freiwilligen-Kompagnie und diese
wählte ihn zum Hauptmann. Oft hörte man

ihn später sagen, daß er nie solche Freude, solche
Ueberraschung empfunden habe, wie dazumal,
Freude nicht sowohl über die Hauptmannschaft,
die eigentlich seinem Geschmack wenig entsprach,
als über das Zutrauen, kraft dessen man ihn
der Aufgabe würdig erachtet hatte. Nachdem die
Wilden sich unterworfen hatten, kam man zurück,
ohne sich geschlagen zu haben. Doch hatte man
Gelegenheit gehabt, den jungen Offizier schätzen
und in ihm den Mann kennen zu lernen, den
weder Ermüdungen noch Gefahren hinter seiner
Aufgabe zurückließen. Solche Erinnerungen soll=
ten ihm noch später dienen. Mitten im großen
Kriege vernahm man nie eine Stimme, daß der
Präsident nur andere in den Krieg sende und sich
selbst vom Geschütz fern halte. Im Gegentheil
wußte man, daß er der Erste gewesen wäre, sich
einregistriren zu lassen und daß er als bewaffneter
Krieger seine Pflicht so gut wie in seinen andern
Stellungen erfüllt hatte.

Kaum war er zurück und eine noch viel
größere Auszeichnung ward ihm zugedacht. Es
handelte sich um nichts Geringeres, als ihn an
die Sitzung der gesetzgebenden Versammlung von
Illinois zu schicken, ihn, der in dem Lande noch

ein Neuling und eigentlich nur als armer Co=
lonist eingewandert war. Auch hieran erinnerte
er sich immer wieder mit großer Freude. Er
glaubte zu träumen. Gestern noch Schiffer, heute
Staatsmann. Uebrigens war dieses rasche Em=
porkommen einigermaßen das Abbild der unge=
heuren Fortschritte, welche der Staat selbst machte.
Hat ja doch Illinois in wenigen Jahren alle die
Stufen durchschritten, zu deren Erreichung die
alten Staaten Europas Jahrhunderte brauchten.
Diese mächtige Entwicklung der politischen Ein=
richtungen, des Ackerbaues, des Handels, der
öffentlichen Zustände überhaupt könnte hinwieder=
um ein Abbild genannt werden jener Periode,
an die wir durch die Wissenschaft erinnert werden
und in welcher die Natur viel herrlicher und üp=
piger Alles hervorbrachte. Aber so wenig in
diesen Perioden Alles überaus angenehm zu nen=
nen war, so wenig verdient jener Zustand der
Dinge einseitige Bewunderung. Im Gegentheil
kann man sich oft der Frage nicht entschlagen,
ob Gott überhaupt den Menschen für eine so
aufreibende Thätigkeit geschaffen habe und hie
und da fühlt man sich versucht, diejenigen zu
bemitleiden, welche wie im Sturmwinde zu sol=

chen Stellungen gelangen. Aber Ehre und Ach=
tung sei denen gezollt, die ungeachtet solchen
Strudels und Fiebers sich die Sitten und den
Glauben der alten ruhigen Zeiten zu bewahren
wissen.

Lincoln hatte fast alle Stimmen von Neu=
Salem für sich; außerhalb hatte er deren nicht
genug und so ward er dießmal nicht gewählt.

Zu dieser Zeit bekleidete er nebst seinem
Beruf die Stelle eines Postmeisters. Gerne hätte
er seinen Handel erweitert, woher sollte er aber
die Kapitalien nehmen? Damals ging er ernst=
lich mit dem Gedanken um, sich ein anderes
Kapital anzulegen und die Rechte zu studieren.
Einige Bücher, die er entlehnte, waren seine er=
sten Professoren. Andere hatte er, wie wir bereits
erwähnten, nic.

Kaum hatte er sich hierin die ersten Kennt=
nisse erworben, als ihm einer seiner Freunde, ein
Geschäftsagent und Verwalter von Liegenschaften
rieth, diesen Beruf zu ergreifen. Lincoln mußte
gelebt haben und willigte ein. Eine kurze Lehr=
zeit im Büreau seines Prinzipals ermöglichte ihm
bald auf eigene Rechnung Geschäfte zu machen, und
an Klienten konnte es ja dem ehrlichen Abe nicht

fehlen. Zum erften Mal floffen etwas anfehn=
liche Gewinnfte in feine Kaffe, vermochten ihm
aber für biefe Art von Gefchäften keinen Ge=
fchmack beizubringen. Er wünfchte biefelben wie=
ber aufzugeben.

Bereits nach Ablauf eines Jahres verließ er
biefen Berufszweig. Seine Mitbürger fanbten
ihn im Jahre 1834 an bie gefetzgebenbe Ver=
fammlung von Illinois.

Er begab fich alfo nach Springfield, bem
Hauptort des Staates unb ba war es, wo er
mit mehr Hülfsmitteln ausgerüftet bie Rechte
ftubierte. Zwei Jahre fpäter erhielt er ben Ab=
vokatentitel unb im Jahre 1837 ließ er fich in
Springfield nieber.

Während biefen Jahren aber hatte ber poli=
tifche Mann an allen ben Arbeiten Theil genom=
men, bie folch ein neu konftituirtes Lanb feinen
Bewohnern auferlegt. Die Bundes = Verfaffung
läßt jebem Staat hinfichtlich ber Gefetze, bie er
fich geben will, faft unbefchränkte Freiheit. Den
neu hinzugekommenen ift ihre Aufgabe burch bie
Erfahrung ber ältern erleichtert; aber wenn es
auch Fragen gibt, welche bie Zeit vereinfacht, fo
gibt es hinwieberum anbere, bie burch neue

Interessen und neue Ideen immer verwickelter
werden und deren Beantwortung alle Betheiligten
in zwei scharf getrennte Heerlager theilen kann.

So verhielt es sich in Illinois mit der
Sklavenfrage. Sie ist so wichtig geworden und
ohnehin so innig mit Lincolns Geschichte ver=
woben, daß wir hiebei einige Augenblicke ver=
weilen müssen.

II.

Wir beabsichtigen übrigens nicht hier deren
Wesen und Grundsätze zur Sprache zu bringen.
Hier betrachten wir sie als eine geschlossene Frage
und brauchen wohl kaum Jemandem zu beweisen,
daß die Sklaverei eine Missethat ist, daß sie
mit dem Geist des Christenthums sich nicht ver=
trägt und daß schon — von allem christlichen
Gefühl abgesehen, die reine Menschlichkeit sie ver=
wirft. „Wenn die Sklaverei kein Uebel ist,"
sagte einst Lincoln, „so gibt es überhaupt kein
Uebel." Aber es ist von großer Wichtigkeit zu
wissen, wie sich die Frage in den Vereinigten
Staaten allmälig gestaltet hat.

Oft freilich — gestehen wir es uns nur zu —
hatten wir auch gut reden. Wir bezeugten viel

Mitleid mit den Sklaven, viel Abscheu vor den Sklavenhaltern und gefielen uns in jener Befriedigung, welche eine feste Ueberzeugung und ein berechtigter Widerwille gewähren.

Eines Tages waren einige Feinde der Sklaverei versammelt und ihr Zorn über das Unwesen machte sich in allen Besprechungen Luft. Einer aber unter ihnen sagte: Ich zweifle von ferne nicht daran, daß Ihr Alle es recht aufrichtig meinet, weiß ich ja doch, daß Ihr Eure Börsen für die Sache der Neger geöffnet und zwar weit geöffnet habt. Ich that's ja auch. Wisset Ihr aber, woran ich soeben dachte? Ich dachte, Ihr habt wohl Alle mit einander nicht soviel gegeben, als ein einziger Neger werth ist. Und da wundern wir uns nun und halten uns darüber auf, daß Leute, die deren fünfzig, hundert, zweihundert und noch mehr und in ihnen einen beträchtlichen Theil ihres Vermögens haben, nicht ohne Weiteres das Opfer bringen.

Dieser Jemand hätte noch etwas beifügen können: Bevor wir urtheilen, wollen wir uns fragen, was w i r in demselben Falle thäten und wie wir uns verhielten, wenn wir in diesen Ländern geboren wären und wenn man uns von

Jugend auf die Sklaverei nicht blos als eine
gesetzliche Einrichtung, sondern auch als eine ganz
einfache und natürliche Sache dargestellt hätte.
Oder ist es schon so lange her, daß Europa sie
aus einem andern Gesichtspunkte betrachtet? Hat
sich Europa so schnell zum Urtheil derer bekehrt,
welche die Sklaverei verdammten? Leute, die
noch am Leben sind, haben die Zeiten gesehen,
in welchen sich die besten Christen darüber wenig
beunruhigten.

Viele Sklavenbesitzer in Amerika konnten sich
daher mit Recht darüber wundern, daß man
plötzlich die Sklaverei als ungesetzlich und un=
menschlich angriff. Viele konnten in gutem
Glauben erwiedern, daß die erwähnten Grausam=
keiten der Sache Mißbrauch und nicht die Sache
selber seien. Viele konnten, wenn auch im
Glauben an die Gesetzlichkeit der Sklaverei irre
gemacht, doch ihr Gewissen durch bessere Behand=
lung ihrer eigenen Sklaven beschwichtigen und
auch Andere zur Nachahmung reizen. Und dann
ach! wäre es unschwer, in einigen Ländern Euro=
pa's, zumal in einigen bedeutenden Städten oft
zunächst dem ausgesuchtesten Luxus Bevölkerungen
anzutreffen, die mehr zu leiden haben, als die große

Hälfte der Sklaven Nordamerikas. Seien wir daher nicht zu strenge gegen diejenigen, welche durch so viele Interessen und Gewohnheiten veranlaßt, die Sklaverei vertheidigten. Lincoln hat inmitten des heftigsten Kampfes nie das Anathema über sie ausgesprochen.

Aber die Sache an und für sich ist doch schlecht. Und gewöhnlich schafft sich eine schlechte Sache solche Vertheidiger, die sie noch schlechter machen. Das ist ihre erste Strafe, die sie in sich selbst trägt.

Während sich die öffentliche Meinung in allen civilisirten Ländern gegen die Sklaverei aussprach, während die meisten Staaten Europas sie in ihren Colonien abschafften oder doch ihre Abschaffung anbahnten, — während der ganze Norden der Union und somit die Mehrheit der Vereinigten Staaten sich ihrer entledigten, eiferte der Süden mit immer steigender Wärme für ihre Aufrechthaltung. Es hätte wenig gefehlt, so wäre sie schon vor einem Jahrhundert in den Kämpfen, welche die Gründung der Union begleiteten, verworfen worden. Virginien und Maryland, Pennsilvanien oder Massachusets nannten sie eine Sünde und beantragten deren

Verwerfung. Damit wollten sie dem eigenthüm=
lichen Gegensatz ein Ende machen — sich für ein
freies Volk auszugeben und doch eine unter dem
Joch seufzende Bevölkerung zu haben. Bald aber
hatte es der Süden dahin gebracht, diesen Gegen=
satz als etwas Natürliches anzuschauen. Bald
war ihnen die Sklaverei nicht mehr das noth=
wendige Uebel von ehemals, das sich vor
sich selbst schämte und baldigem Untergang ent=
gegensah. Sie war eine berechtigte Einrichtung
geworden und man schützte sie mit soviel Gesetzen,
als dazu gehörten, um sie zu einer beständigen
zu machen*). Sie war der Grundstein der poli=
tischen und gesellschaftlichen Zustände und was
gegen sie unternommen ward, galt den Männern
des Südens als Eingriff in ihre Rechte und Frei=
heiten. Daher konnte es sich nicht darum han=
deln, bei ihnen gegen ihren Willen die Sklaverei
abzuschaffen. Hätte man ja doch damit die
Bundesverfassung umgestoßen, welche, wie wir
bereits sahen, jedem Staat das Recht gibt, sich
nach eigenem Gutdünken zu regieren. Aber das
Sklavensystem selbst sah sich durch die Nachbar=

---

*) In Virginien gab es z. B. im Jahr 1849 ein Gesetz,
welches allen Unterricht für die Sklaven verbot.

schaft der freien Staaten, (wie man gemeinhin
die sklavenlosen nennt) wesentlich beeinträchtigt.
Die Sklavenstaaten beschuldigten ihre freien Nach=
barn, den Negern Gedanken und Hoffnungen
einzuflößen, die nie wieder verwischt und zudem
stets durch die Flucht verwirklicht werden konnten.
Von da an gab es unaufhörliche Reklamationen,
die — offen zugestanden — nicht ganz grundlos
waren. — Da die Verfassung der Sklaverei nichts
in den Weg legte, so durfte man die Auslieferung
flüchtiger Sklaven nicht wohl verweigern. Welche
häßliche Rolle wurde da oft gespielt und mit
welchem Diensteifer unterzogen sich durch eine Art
Friedensliebe und Schwachheit verleitet, einige
Staaten des Nordens dieser Rolle? Fast sah es
aus, als sollte sich auch bei ihnen die Sklaverei
Bahn brechen.

III.

Dieß Alles mußte für Lincoln die Gelegen=
heit herbeiführen, sich zum ersten Mal kräftig
und Aufsehen erregend in dieser immer brennen=
der werdenden Frage auszusprechen.

Die gesetzgebende Versammlung von Illinois
hatte wie andere dem Wunsche nachgegeben, die

Reklamationen des Südens friedlich beizulegen und zu dem Ende Maßregeln ergriffen, welche fast gar eine Einführung der Sklaverei genannt werden konnten. Lincoln hatte sie bekämpft, aber umsonst. Den 8. März 1837 verfaßte er mit einem seiner Kollegen eine Protestation, in welcher er erklärt, daß die Institution der Sklaverei auf Ungerechtigkeit und schlechte Politik zugleich gegründet sei. Dagegen sagte er sich ebenfalls los vom Radikalismus der Abolitionisten, der eher zur Vermehrung des Uebels als zu besſen Hebung geeignet sei. — Und gegen diesen Radikalismus, der oft mit niedrigen Leidenſchaften vermiſcht, oft mehr ein Ausdruck der Eiferſucht als des gerechten Unwillens war, konnten die Südstaaten sich mit allem Recht auflehnen, vor ihm konnten sie Schutz und Hülfe suchen. Lincoln erkannte wohl, daß die Union nicht das Recht hat, den Staaten die Abschaffung der Sklaverei zu befehlen; aber sie kann und soll deren Ausdehnung verhindern; sie kann und soll von den Ländern, die noch nicht als Staaten konſtituirt ſind*), verlangen, daß sie sich als

*) Diese Länder, deren etwa neun gezählt werden, liegen im Centrum des Kontinents zwiſchen den Ost- und Weſtſtaaten;

freie Staaten konstituiren und die Sklaverei nicht
einführen. Fassen wir diesen letzten Gedanken
auf — er trug am Meisten dazu bei, die Be=
wegung von 1861 herbeizuführen.

Noch zweimal (1838 und 1840) in die
Legislatur von Illinois gewählt, zeichnete sich
Lincoln in derselben immer mehr als ein Mann
von Talent und Herz aus; hauptsächlich aber
verbreitete sich sein Ruhm als Advokat in diesen
Jahren immer weiter und er glänzte eigentlich
als ein Licht des Advokatenstandes; aber immer=
fort als der ehrliche Abe. Die bescheidensten
Kläger fanden ihn ebensowohl wie die reichsten
immer bereit, ihnen nach Kräften zu dienen; er
verlangte nur eins und in dem Einen war er
unerbittlich — die vorzubringende Sache mußte
eine gerechte Sache sein. Wer hätte es übri=
gens auch gewagt, ihn mit einer ungerechten
Sache zu behelligen! Er plaidirte mit einer
Leichtigkeit, mit einer Unbefangenheit, die auch
den trockensten Entwicklungen einen Reiz verlieh.

---

ihre Oberfläche ist mindestens fünfmal so groß als diejenige von
Frankreich. Ein Gebiet kann als Staat betrachtet werden, so=
bald seine civilisirte Bevölkerung 124000 Seelen erreicht, d. h.
genügt, um einen Repräsentanten an den Congreß zu schicken.

Ohne den Witz zu verachten, erging er sich doch
nie darin. Die geringsten Dinge gewannen in
seinem Munde eine Wichtigkeit, nicht durch die Ge=
schwulst der Worte, — die hatte er nie gekannt —
sondern durch die Sorgfalt oder vielmehr den
feinen Takt, mit welchem er alles auf die großen
Hauptfragen zurückführte. Diese lebten so sehr
in seinem Gewissen, daß sie so zu sagen nicht
einen Augenblick unthätig in seinem Gemüthe
bleiben konnten.

Ein Zug wurde oft angeführt, den wir auch
nicht unerwähnt laffen wollen. Es war ein
Mord begangen worden und ein junger Mann,
Namens Armstrong war besselben verdächtig.
Armstrong war der Sohn eines Mannes, bei
welchem Lincoln früher gearbeitet hatte. Mora=
lisch von der Unschuld des jungen Menschen
überzeugt, schrieb Lincoln seiner Mutter und bot
ihr seine Dienste an; hierauf untersuchte er die
Angelegenheit genauer und gewann die Ueber=
zeugung, daß der Angeklagte das Opfer eines
Komplots sein müsse. Ein Zeuge aber behauptete,
Armstrong in dem Augenblick beobachtet zu haben,
da er ein Messer in die Brust des Ermordeten
stieß. Die That sei bei vollem Mondlicht ge=

schehen und so habe er, der Zeuge, sich unmög=
lich irren können. Lincoln ließ ihn beim Ver=
hör alle diese Einzelheiten wiederholen und hier=
auf, wies er — den Kalender in der Hand —
nach, daß der Mond in jener Nacht wenigstens eine
Stunde nach dem verübten Verbrechen aufge=
gangen sei. Diesen Ausgangspunkt benützte er,
um alles Uebrige umzustoßen und in Folge des=
sen sprachen die Geschwornen über den Angeklag=
ten das Nicht = Schuldig aus. Zu dessen Mutter
hatte Lincoln des Morgens gesagt, daß er ihr
den Sohn vor Sonnenuntergang zurückgeben
werde. Und als nun nach beendigtem Gericht
Mutter und Sohn auf ihn zustürmten, ihm ihre
heiße Dankbarkeit an den Tag zu legen, da
zeigte er — am Fenster stehend — die Sonne,
wie sie sich eben dem Horizont neigte und sprach
zur Mutter: „Sie ist noch nicht untergegangen
und Ihr Sohn ist frei."

Tritt uns nicht in diesen Worten ein Hauch
frischer Waldpoesie entgegen? Das Kind der
Einsamkeit — dürfte man sagen — ist glücklich,
daß seine alte Freundin — die Sonne — Zeugin
seines Triumphes und Gehülfin seiner Freude
ist. Man fühlt aber in dieser Freude noch etwas

mehr. Die Bibel hat den Wäldern geholfen, in
diesem Herzen ernste Regungen zu nähren und
gewiß dachte Lincoln an jenem Tag, da er auf
die untergehende Sonne wies — des Gottes, der
sich überhaupt in der Natur — der sich aber
noch besonders als ein Gott der Erlösung geoffen-
baret hatte.

Ausschließlich, wie es schien, mit dem Studium der Gesetze und der Praxis der Tribüne
beschäftigt, suchte er im Stillen die Lücken aus-
zufüllen, die seine mehr als unvollkommene
Erziehung über einzelne Punkte gelassen hatte.
Die alte und die neue Geschichte, insbesondere
diejenige seines Landes wurden ihm bald geläufig
und er ermangelte nicht seinen Geist mit allen
den Kenntnissen zu bereichern, die dazu beitrugen
— den politischen Mann zu machen. Auch war
man im Jahr 1844, da er seine scheinbare
Ruhe aufgab, ganz erstaunt, ihn in so vielen
Fragen daheim zu finden, die man außer dem
Bereich seines Gesichtskreises geglaubt hatte. Die
hauptsächlichste war die Tariffrage, ein weiterer
Gegenstand der Uneinigkeit zwischen Nord und
Süd und in jedem Staate wieder zwischen Freunden des Nordens und Freunden des Südens; sie

berührte zugleich die höchsten Fragen der Staats=
ökonomie und eine Menge kleine kaufmännische
und finanzielle Beziehungen. Lincoln bewies, daß
er mit der Frage sowohl ihrer Theorie nach als
in ihren Einzelnheiten vertraut war. Von seinen
Freunden beauftragt, Illinois zu durchreisen und
die Einwohnerschaft nach seinen Anschauungen zu
bearbeiten, entfaltete er in diesem Lande eine
Thätigkeit und ein Talent, die mit jedem Schritt
zu wachsen schienen. Nach amerikanischem Ge=
brauch ward er durch seinen Kollegen gegnerischer
Seits John Calhoun bald überholt — bald
folgte ihm derselbe auf dem Fuße nach und so
hatte er Tag für Tag wieder andern Angriffen
mit unerschöpflicher Gewandtheit zu begegnen
oder aber bedurfte er der nämlichen Gewandtheit,
um solchen Angriffen zuvorzukommen. Aber nie
blieb der Arbeiter hinter seiner Aufgabe zurück
und als Lincoln zurückkam hatte sich sein Ruf
als bewunderungswürdiger Volksredner bereits
ausgebreitet. Er war nicht der Mann, der nach
Effekt haschte und bei seinen Zuhörern jene oft
plötzliche, aber doch unreife Ueberzeugung an=
strebte, welche nur dazu angethan ist, einer guten
Sache zu schaden.

Er sprach — sagen uns seine Biographen — mit der Genauigkeit, die stets das Ziel im Auge behält und auf die Leute, auf ihr Gewissen und ihren gesunden Menschenverstand zugeht.

Und das ist das große Geheimniß, vermittelst dessen die Massen gewonnen werden. Mit der Energie seiner Sprache verband er eine große Belesenheit, eine Eigenschaft, welche das Volk mehr zu schätzen weiß, als man glaubt und mehr als es selbst sich dessen bewußt ist. Seine Art war durchaus vertraulich und nicht die Art eines Mannes, der sich an die Menge, sondern eines solchen, der sich an einen Freundeskreis wendet. Auch dieß ist ein überaus wirksames Mittel, die Ueberzeugung Anderer für seine Sache zu gewin= nen; denn jeder Zuhörer betrachtet sich gewisser= maßen als bevorzugtes Glied des vertrauten Kreises, welchem der Redner sich widmet. Zu dem allem gesellte sich ein friedlicher, guter Humor, der auch andere in Humor versetzt, ohne in Spott auszuarten — eine wohlthuende Fülle von passenden Anekdoten — ein Geschick, vorübergehend zu zerstreuen, um die obschweben= den Fragen unmittelbar darauf um so ernster aufzunehmen — und darin bestand seine Bered=

famkeit. Niemand endlich verabscheute es mehr
zu reden, um nur geredet zu haben. Niemand
spottete mehr über die, welche in ihren Reden
bald bejahend, bald verneinend, bald alles durch
einander werfend, endlich genau das verfechten,
was sie ursprünglich bekämpfen wollten. Und
dieß — sagte er — geschieht nicht nur einzelnen
Personen, sondern oft ganzen Parteien. Man
könnte sich verstehen; aber man will nicht und
im heftigsten Kampf wechselt man oft Sache
und Waffen. Auch diese Aussage bekräftigte
Lincoln mit einer jener Lehrfabeln, zu welchen
er, wie wir bereits gesehen haben, gerne seine
Zuflucht nahm.

III.

1847—1860.

Furchtſamen. — Was hätte geſchehen können. — Klagen wir
nicht zu ſehr über die Schwachheit. — Edler Loskauf. — Der
Finger Gottes. —

I.

Ein neues weiteres Feld der Thätigkeit er=
öffnete ſich ihm. Im Jahr 1847 finden wir
ihn im Kongreß von Waſhington als einen der
Repräſentanten von Illinois.

Wir beabſichtigen nicht des Nähern in die
Kämpfe einzutreten, an welchen er ſich in jener
Zeit betheiligte. Nur ein einziger Punkt ſei
hervorgehoben. Obwohl er mit vielen Dingen
ſehr unzufrieden und über manche ſehr unglück=
lich war, verfiel er doch niemals in den Fehler
ſyſtematiſcher Oppoſition, nie hinderte ihn Liſt
oder Mißtrauen für eine gute und gerechte Maß=
regel zu ſtimmen. So hatte er zum Beiſpiel bei
ſeinem Eintritt in den Kongreß die Expedition
nach Mexiko heftig getadelt; als aber der Krieg
einmal im Gang war und als ſich einzelne
Repräſentanten für denſelben elendiglich rächen
und den für Unterhalt der Soldaten erforderlichen
Kredit verweigern wollten — da erklärte Lincoln,

daß er, obwohl von Anfang und mit gutem Grund gegen den Krieg eingenommen, doch niemals gegen diejenigen stimmen werde, welche unter den Fahnen ihr Blut vergießen.

In der Sklavenfrage ging er einen Schritt weiter, einen Schritt weiter natürlich in der Gesetzgebung; denn wie er sonst grundsätzlich zu derselben stand und stets gestanden hatte, wissen wir ja bereits. Es handelte sich um den Distrikt Columbia. Es ist dieß die kleine Provinz, in welcher sich Washington, die Hauptstadt befindet und welche — obwohl Virginien einverleibt, doch eigentlich der ganzen Union angehörte. Der Kongreß hatte also nach Lincolns Aeußerung das Recht, hier die Sklaverei aufzuheben; die Feinde der Sklaverei konnten nicht dazu verurtheilt werden, sie unter ihren Augen und in der Hauptstadt selbst zu haben, die ja ihnen so gut wie dem Süden angehörte. Ein Repräsentant schlug einen Mittelweg vor: Man sollte nicht die Sklaverei, sondern nur den Sklavenhandel verbieten. Damit wäre der Frage der Todesstoß gegeben worden; man hätte die Thüre halb geschlossen, um sie hernach ohne Geräusch wieder zu öffnen. Lincoln verlangte daher ein Gesetz,

welches den Grundsatz aufstellen und um größerer
Sicherheit willen auch dessen Anwendung regeln
sollte: Kein Sklave sollte in den Distrikt ein=
geführt werden können und vom 1. Januar 1850
an sollten sämmtliche Kinder von Sklavenmüttern
freigesprochen werden. Die Sklavenbesitzer sollten
nichtsbestoweniger gehalten sein, noch wenige
Jahre das Ihrige zum Unterhalt dieser Kinder
beizutragen. Endlich nach einem gewissen Zeit=
raum sollten sämmtliche Sklaven frei werden
und der Staat sollte für sie den Besitzern eine
entsprechende Summe ausbezahlen. Wie man
sieht, ist dieser gelegentlich eines Distriktes vor=
gelegte Plan ein vollständiger Emanzipationsplan,
der auf's Allerbeste die Interessen der Besitzer
und die Rechte der Menschlichkeit versöhnt hätte.

Aber in dem Maße, in welchem sich Alles
zur Ausführung eines solchen Entschlusses an=
bahnte, verdoppelte das andere Heerlager seine
Heftigkeit und zugleich seine Gewandtheit. Es
wurde ein Weg vorgeschlagen, der ganz einfach
schien und doch von unberechenbaren Folgen
war. Der Vorschlag ging dahin, daß Sklaven,
welche für den Staatsdienst gebraucht würden,
den Besitzern abgekauft werden sollten. Nichts

4

war billiger; allein der große Zweck bestand darin
— endlich als augenscheinliche Konsequenz be=
haupten zu können, daß die Union die Sklaverei
anerkenne und daß in ihren Augen die Sklaven
das Eigenthum ihrer Herren seien. Man hoffte
von da aus das Stillschweigen der Bundesver=
fassung zu brechen, welche freilich die Sklaverei
zugelassen, weil nicht verboten hat, welche aber
nichtsbestoweniger die Sklaverei nicht anerkennt,
ja nicht einmal erwähnt und in Folge dessen dem
Kongreß das Recht einräumt, ihre Ausbreitung
zu hindern und die Mittel zu ergreifen, die ihr
auf immer ein Ende machen. Diese Thüre ver=
suchte man zu schließen. Lincoln ward das Haupt
der Widerstandspartei und die Sklavenbesitzer wa=
ren genöthigt, auf diesen Ausweg, der das Recht
auf ihre Seite gebracht hätte, zu verzichten.

Aber in vielen andern Punkten waren sie
glücklicher und die Sklaverei, als R e c h t ge=
schwächt, verstärkte und befestigte sich durch un=
aufhörliche Fortschritte als T h a t s a c h e. Diese
Fortschritte wurden aber oft gerade durch die=
jenigen herbeigeführt, welche das Recht der Skla=
verei weder anerkennen konnten noch wollten.
So wurde Missouri ein Sklavenstaat, obwohl

es seiner geographischen Lage nach mehr zum
Norden als zum Süden gehörte. Ein wenig
beschämt über diese Schmach erklärte der Kongreß,
daß die Sklaverei von nun an in allen den
Gegenden nicht mehr autorisirt sei „die über dem
36. Grad n. B. liegen. Was sollte aber diese
Grenze bedeuten in dem Augenblick, da sie
durch die Sklaverei in der ganzen Ausdehnung
von Missouri, also um wenigstens 100 Stunden
überschritten ward? Wie sollte in allen andern
Territorien, die sie von Arkansas bis gen Kali-
fornien in einer Ausdehnung von etwa 500
Stunden begrenzte oder durchschnitt, diese Linie
festgehalten und die Bestimmung gehandhabt
werden? Auch wurde dieser merkwürdige Kompromiß von Missouri fast alsobald zum
Zankapfel und Angriffspunkt für den Süden,
der ihn erst gutzuheißen schien. Der Führer der
Sklavenpartei, Douglas organisirt den Kampf.
Es findet sich eine Majorität für Annullirung
des Kompromiß. Der Kongreß kommt auf den
Grundsatz der Local-Souverainetät zurück und
erklärt sich unbefugt, die Sklaverei in irgend
einem Staate zu verbieten oder anzuerkennen.
„Die Union" meinte einer der südlichen Sklaverei

Vertheidiger, „hat sich nicht mehr darein zu
mischen, als etwa in ein Gesetz über den Fisch=
fang, welches einer der Südstaaten aufstellt.
Während aber die Union darauf verzichtete, die
Local=Souverainetät in irgend einer Weise zu
stören, verzichtete der Süden nicht darauf, sondern
suchte sie vielmehr in jeder Weise zu überwachen
und überall, wo er nur konnte, die Aufhebung
der Sklaverei zu hindern. So wurde Texas,
die von Mexiko losgerissene Provinz, ein Skla=
venstaat und als solcher der Union beigefügt.
Und wenn die Gesetzgebung von Kansas die Auf=
hebung der Sklaverei beschließen wird — was
werden die Wühler des Südens beginnen —
die Leute, die mit roher Inkonsequenz einen
Grundsatz nur im Interesse einer schlechten Leiden=
schaft aufgestellt haben? Sie werden die Central=
gewalt gegen die Local=Souverainetät in den
Kampf rufen. „Die Sklaverei" — werden sie
sagen —, „hat ihr natürliches Recht". Ein
freier Mann, der nicht Sklaven halten könnte,
wenn es ihn gut dünkt, wäre eben nicht ein
freier Mann. Der Kongreß hat also die freien
Männer von Kansas gegen jene Mehrheit zu
beschützen, die sie der Freiheit, Sklaven zu kaufen,

berauben will. — Man glaubt einen Scherz zu
hören. Und um dieses Scherzes willen ist wäh=
rend vier langen Jahren das Blut in Strömen
geflossen.

II.

Was wir soeben erzählten, ging im Jahr
1853 vor. Lincoln hatte seit längerer Zeit an
den öffentlichen Angelegenheiten einen geringern
Antheil genommen und nur den Präsidenten=
Wahlen von 1848 und 1852 beigewohnt. Seine
advokatorische Praxis, seine friedlichen Studien
der Geschichte und der Literatur, eine Familie,
die er zu versorgen und zu erziehen hatte, ein
bescheidenes, aber regelmäßig und sicher sich ver=
mehrendes Vermögen — drohten ihn allmälig
den allgemeinen Interessen des Landes zu ent=
reißen. Eine gewisse Betrübniß und Verdrossen=
heit mochte hiezu das Ihrige beitragen. Er sah,
wie sich ein großes Volk durch schmähliche Ge=
fälligkeiten in einer unsittlichen und häßlichen An=
gelegenhei therabwürdigte und verächtlich machte.
Er sah, wie die Vereinigten Staaten, anstatt
der neuen Civilisation entgegen zu steuern, ins
heidnische Alterthum versanken. Er sah die Fahne

des Evangeliums, die seine Voreltern in so edler Weise an den Strömen Amerikas aufgepflanzt hatten, besudelt und an den nämlichen Strömen entehrt und zwar nicht nur durch die Sklaverei an und für sich, sondern auch durch die schmähliche Abstumpfung so vieler Herzen und Gewissen. Das ist ja eben der Schmerz des Menschenfreundes, der als Christ sein Volk und Vaterland liebt. Das Böse beschränkt sich nicht nur auf die Dinge, die recht eigentlich in ihm wurzeln und nicht nur auf die Personen, die hiezu unmittelbar beitragen. Alles wird mehr oder weniger davon berührt. Es gleicht einem Gift, das in allen Theilen des Körpers cirkulirt, dessen edelste Organe zersetzt und zerstört und seinem Opfer nur ein ohnmächtiges, entehrtes und unvollständiges Dasein läßt. So gingen die Vereinigten Staaten ihrem Ruin entgegen und Lincoln schien eine Zeit lang auf die schöne Aufgabe, deren unabwendbaren Verfall noch aufzuhalten, verzichtet zu haben.

Da vernimmt er diese neue Feigheit, die Annulirung des Kompromiß. Die Repräsentanten von Illinois gehören zu denen, welche dafür gestimmt haben. Darf er da noch schwei-

gen? Darf er diese Schmach ruhen lassen auf
dem Staate, der ihm so lieb geworden ist?
Ohnehin findet sich im Staate selbst eine beträcht=
liche Minderheit, die sich jenes Beschlusses schämt
— diese regt sich, übersieht ihre Reihen und
verlangt nach einem Haupte. Die Wahl fällt
auf Lincoln. Darf und kann er sie zurückweisen?
Hat nicht Gott selbst durch die Stimme dieses
Volkes ihm befohlen, die Waffen wieder zu er=
greifen und in den Kampf zurückzukehren?

Und ja — er kehrte zurück und nie hatte
man ihn so aufgeweckt gesehen. Alles, was von
Löwenart in ihm war, erwachte, sagt einer
seiner Biographen. Ein neuer Peter der Eremit,
sagte ein anderer, schien er zu sein — und man
hätte es einen Kreuzzug nennen können, als er
gegen die Barbaren des Südens predigend, Illi=
nois durchzog. Aber es war ein Kreuzzug durch=
aus moralischer Art; denn es entging seinem
Mund nicht ein Wort, das einen Aufruf zur
Gewalt in sich barg. Wie sollen wir aber er=
zählen, welchen Muth, welche Gewandtheit,
welche Zuversichtlichkeit und Beredtsamkeit er auf
dieser entscheidenden Reise entfaltete und welche
physische Kraft; denn er hatte oft schreckliche

Strapazen durchzumachen. Je weiter er ging, je mehr fühlte er die Schönheit seiner Aufgabe, fürwahr eine edle Ermuthigung für diejenigen, welche vor ähnlichen Aufgaben um ihrer Schatten-seiten willen zurückschrecken möchten. Ein Volk zum Selbstbewußtsein zurückrufen, es an seine reinsten Ueberlieferungen erinnern, das Organ der gesundesten Politik, der Geschichte, der Philo-sophie, des Evangeliums zumal zu sein — wo ließe sich in dieser Welt eine schönere Rolle finden, die mehr und sicherer als diese, abgesehen von allem äußern Erfolg, in sich selbst ihre Beloh-nung und ihre Krone fände?

Lincoln brauchte sich aber nicht nur mit dem Bewußtsein treu erfüllter Pflicht zu trösten. Der Erfolg war groß und glänzend. Eine gesetz-gebende Behörde, wie er sie nur wünschen konnte, ersetzte diejenige, welche die großen Grundsätze der Union verläugnet und Illinois unter das schmähliche Joch des Südens gebracht hatte.

Das folgende Jahr anerbot ihm die sieghafte Partei die Würde des Gouverneurs. Aus seiner Politik verzichtete er darauf. Denn indem er sagte: „Ich bin nicht der Mann dazu!" deutete er an: Nachdem ich Alles gethan habe, was

mich als Haupt einer Partei erscheinen läßt,
kann ich nicht eine Stelle bekleiden, kraft deren
ich über den Parteien stehen muß.

Im Jahr 1856 fand eine neue Präsidenten=
wahl statt und zum ersten Mal ward Lincolns
Name in den Vorberathungen genannt. Eine
Vorversammlung in Philadelphia gab ihm 100
Stimmen bei diesem großen Nationalakt für die
Vizepräsidentschaft. Es war nicht genug, um
ihn als definitiven Kandidaten aufzustellen; al=
lein hinsichtlich der Zukunft war es viel —
das haben die Thatsachen bewiesen.

Man hat behauptet, daß der Union manches
Uebel erspart worden wäre, wenn der im Jahre
1856 gewählte Präsident Buchanan, der Mann
des Südens, Lincoln, den Mann des Nordens,
den Menschenfreund und Christen zur Seite ge=
habt hätte. Ist dieß wohl so gewiß? Und
von welchen Uebeln ist eigentlich die Rede? Ja,
vielleicht wäre der Krieg nicht im Jahre 1861
ausgebrochen, aber warum nicht? Weil das
moralische Uebel durch den Einfluß des Vizepräsi=
denten einigermaßen in seinen Fortschritten ge=
hemmt, dann noch nicht der heilsamen Reaktion
von 1860 gerufen hätte — weil der Präsident

von 1861 dann nicht Lincoln, sondern abermals
ein Mann des Südens gewesen wäre — weil
endlich dann die Mehrheit kaum noch weder Kraft
noch Willen gehabt hätte, gegen diesen fatalen
Lauf der Dinge anzukämpfen. Das sind Uebel=
stände, die wieder manche andere aufwiegen. Zu=
dem hätte Lincolns Wahl zur Vize=Präsident=
schaft nur zur Folge gehabt, daß er seine Kräfte
unnütz hätte vergeuden und zur Herbeiführung
mancher Mißstände noch hätte hülfreiche Hand
bieten müssen. Freilich könnte man sagen, daß
sich gerade in seinen Händen die Uebelstände
etwas gemildert hätten. Aber setzen wir selbst
einmal den Fall, der im Jahr 1856 gewählte
Präsident wäre ein Mann des Nordens, Lincoln
selbst gewesen: was wäre dann geschehen? Das
Uebel war noch nicht auf seinem Gipfel ange=
langt, die Reaktion noch nicht vorbereitet — der
Bruch ebenso wenig. So hätte man nur arm=
seliges Flickwerk gehabt, einen kläglichen Zustand
der Dinge gut heißen und sich mit illusorischen
Garantieen für eine noch schlechtere Zukunft be=
gnügen müssen. Gott also — der Herr der
Zeiten — hat den Mann für das Werk und
das Werk für den Mann aufgespart. Lincoln

sollte nach dem Willen Gottes seine Hand daran
legen und unter seinem festen und ungetrübten
Blick sollte es vor sich gehen, wenn er einmal
mit der ganzen Autorität einer klaren Stellung
und mit allen den Hülfsmitteln ausgerüstet wäre,
welche der gesunde Theil des Landes bieten konnte.

III.

Bevor er aber den Degen zu ergreifen hatte,
sollte sich Lincoln noch einmal in einem jener
unblutigen Feldzüge auszeichnen, in welchen er
der guten Sache schon so viele Freunde gewon=
nen hatte.

Dieser Zug ist in der Geschichte der Vereinig=
ten Staaten berühmt geblieben und wird es
bleiben. Der eigentliche Schauplatz war Illinois;
man kann aber wohl sagen, daß er das gesammte
Volk der Union zu seinen Zuschauern zählte —
so sehr beschäftigte er die Presse, so sehr erregte
er die Geister. Der große Proceß ward von
Neuem in allen seinen Formen aufgenommen.
Lincoln einerseits, Douglas, das Haupt der
Sklavenhalter, Douglas, den man mit An=
spielung auf seine kleine Figur und seine großen
Talente den „kleinen Riesen" nannte andrerseits.

Die gesetzgebende Behörde von Illinois hatte einen Senator zu ernennen *). Die Kandidaten waren Lincoln und Douglas. Niemals waren die feindlichen Parteien so in ihren Haupt=Repräsentanten einander gegenüber gestellt worden. Daher herrschte auch in beiden Heerlagern jene Aufregung, welche die beiderseitigen Theilnehmer nöthigt, sich mit Leib und Seele in den Kampf zu wagen. Wohl dem, der in solchen Augen= blicken zu sich selbst und vor Gott das sagen kann, was er zu dem Volke sagt. Stand wohl Douglas auf diesem Punkt? Dürfen wir glau= ben, daß er mit seinem sonst so richtigen und klarem Geiste die Schwächen und Schattenseiten seiner Sache nicht erkannt habe? Vermochte er seinerseits nicht einzusehen, daß sie bereits ver= loren und wenn auch Dank seinen Anstrengungen wieder etwas gehoben, doch dem Untergang ge= weiht war? — Lassen wir das. Es genüge uns, daß wir uns hinsichtlich Lincolns eine der= artige Frage nicht vorzulegen brauchen. Wir wissen und fühlen es, daß er vollkommen klar und sicher war, Gott und die Zukunft auf seiner

---

(* Der Senat der Vereinigten Staaten wird durch die ge= setzgebende Behörde ernannt.

Seite zu haben, auch wenn er für dießmal nicht siegen sollte.

Was die Einzelnheiten des Kampfes anbelangt, so wäre deren Erzählung nur eine Auffrischung dessen, was wir bereits geschildert haben. Zwar nahm derselbe noch mehr als sonst den Charakter eines bestimmten Regeln unterworfenen Kampfes an. Man bezeichnete zuvor die Orte und die Tage, in welchen und an welchen jeder der beiden Kämpfer sich an dieselben Auditorien zu wenden hatte. Für unsere europäischen Begriffe wäre dieß allerdings ein eigenthümliches Schauspiel und nicht selten möchte die Würde der Sache und der Wahlkandidaten darunter leiden. Uebrigens ist dieß auch hie und da in Amerika der Fall. Allein dießmal war die Sache zu ernst und die Wahlkandidaten zu hoch gestellt. Dessenungeachtet bedurfte oft Lincoln aller Mäßigung und Kaltblütigkeit, um sich nicht in die Persönlichkeiten und niedrigen Sticheleien seines Gegners zu verlieren. Douglas ärgerte sich augenscheinlich über diese Mäßigung Lincolns, seine Freunde aber legten ihm dieselbe oft als Charakterschwäche aus. Endlich freilich mußte man zugestehen, daß es eben sittliche Kraft und Charakterstärke war,

welche die Aufreizungen des Gegners ignorirte,
Geistesstärke, welche ihn immer wieder den Gegenstand bis in seine geheimsten Schlupfwinkel verfolgen, untersuchen, und besprechen, welche ihn
immer wieder Neues auffinden und unbesieglich
alle Dinge auf den Boden des Rechts und der
Grundsätze zurückführen ließ. Nichts destoweniger
ermangelten seine Reden jener innern Wärme
nicht, die auch Andere zu entzünden vermag.
Und gewöhnlich kam diese Wärme zu ihrem
vollen Recht, wenn er wieder einem hochherzigen
Gedanken Geltung verschaffen wollte. — So erinnerte er z. B. einmal an die Unabhängigkeits-
Erklärung, den ersten Akt der Union vom Jahr
1776. „Die Menschen sind gleich geschaffen.
Sie haben alle von ihrem Schöpfer gewisse un-
antastbare Rechte empfangen. Dazu gehören das
Leben, die Freiheit, das Streben nach Wohlsein.
Zur Wahrung dieser Rechte sind die Regierungen
da." Das haben die Helden der Unabhängigkeits-
Erklärung unterschrieben. So ward die Konstitution eingeleitet. „Und nun meine Mitbürger,
wandte sich Lincoln im Anschluß an diesen Aus-
zug an seine Zuhörer, wenn man euch andere
Lehren aufgebrungen und Grundsätze eingeflößt

hat, die den freien Standpunkt der Unabhängig=
keits=Erklärung verläugnen — wenn ihr bereits
soweit gekommen seid zu glauben, daß die Men=
schen hinsichtlich der obenerwähnten Punkte nicht
gleich erschaffen seien — dann, ich beschwöre
Euch, dann kehret wieder zurück zu jenen reinen
Quellen, deren Gewässer durch das Blut unserer
Vorfahren geweiht sind. Macht aus mir,
was Ihr wollt; nur verläugnet diese großen
Grundsätze nicht. Sendet mich oder sendet mich
nicht in den Senat — was kümmert es mich —
ich bin nicht unempfindlich für große Ehrenbe=
zeugungen; allein man glaube mir die Behaupt=
ung, daß meine Beweggründe der heiligsten Art
sind. Ich bitte Euch, laßt alle Hochachtung bei
Seite, wo es sich nur um einen Menschen han=
delt. Lincoln ist nichts; Douglas ist nichts! Aber
zerstört nicht jenes unsterbliche Symbol der Mensch=
lichkeit — unsere Unabhängigkeitserklärung!

Douglas hatte ungefähr 122,000 Stimmen,
Lincoln 126,000. Indeß hielt sich die gesetz=
gebende Behörde an diese Vorversammlung nicht
gebunden und ernannte Douglas. Nichtsdesto=
weniger blieb Lincoln Sieger — Sieger schon
durch die öffentliche Stimmgebung und noch

mehr durch die Fortschritte, die seine Sache sowohl in Illinois als im ganzen Norden machen sollte.

IV.

Um diese Zeit ward Lincoln auch unter den Unglücklichen bekannt, deren Beschützer und Vertheidiger er war. Die Aufmerksamkeit der Sklavenhalter mochte es doch nicht verhüten, daß nicht irgend eine Nachricht vom Norden, nicht irgend ein Zeitungsfetzen mit Artikeln gegen die Sklavenhalter in die Hütten der Neger gelangte. Diese wußten es wohl und zwar schon lange, daß sie zahlreiche Freunde hatten; aber wie glücklich waren sie, endlich einen Freund, einen Namen zu haben, der ihnen als die aufgehende Sonne am Horizont ihrer Befreiung erschien! Lincoln war übrigens kein Abolitionist in dem gewöhnlichen und in den Vereinigten Staaten etwas revolutionairen Sinn dieses Wortes. Allerdings war die Abschaffung der Sklaverei auch sein Wunsch und Ziel; allein er suchte es als Staatsmann zu erreichen, der allen Schwierigkeiten Rechnung trägt und als General, der nicht sein Glück versuchen will, bevor er des Erfolgs versichert ist. Daraus sollte man schließen, daß

die Sklaven in ihm weniger als in irgend einem
lärmenden Abolitionisten ihren Freund hätten
vermuthen können. Aber nein. Sie ahnten
es, daß Lincoln ihr Mann sei und daß ihre
Sache in keinen bessern Händen liegen könne.
Dann geht die Einbildungskraft der Neger sehr
weit und bald stehen sie damit hoch über dem
Boden der Wirklichkeit. Lincoln wurde in ihren
Augen bald ein übernatürliches Wesen, das Alles
wußte, Alles sah und ihnen nicht nur als Freund,
sondern als eine Art von Messias gegeben war.
Und doch, wie eigenthümlich! Während sie sich
einen Lincoln machten, den sie vollkommen zu
nennen, sich wenig beunruhigten — nie wagten
sie es, einen Aufstand oder irgend eine Unord=
nung mit seinem Namen zu decken. Dieser Name
bedeutet für sie: Hoffnung, Zuversicht, Freiheit;
aber in der Zukunft und durch den allmäligen
Sieg der hochherzigen Gedanken, deren Apostel
er war. Ein Lied, das im Süden heimlich ge=
sungen wurde*), hatte das Jahr 1862 als

---

*)   In eighteen hundred and sixty two,
     My people must be free,
     It is the year of Jubilee;
     My people must be free.

großes Jubeljahr der Befreiung bezeichnet. Das
Jahr kam. Lincoln war Präsident und das Jubi=
läum traf nicht ein. Was hatte dieß auch zu
sagen: Sie blieben sanft, sie warteten und bete=
ten, ja sie beteten; denn man weiß in Europa
nicht, wie viel und wie inbrünstig von den vier
Millionen Schwarzen gebetet wurde. So stillten
sie ihre Angst, so besänftigten sie ihren Zorn
und so knüpfte sich auch zwischen ihnen und dem
großen Christen, von welchem sie ihre Befreiung
erwarteten, ein neues geheimnißreiches Band.

Der aber im Jahr 1858 der Mann der
Neger zu werden begann, war schon seit langer
Zeit der Mann des Volkes. Zwar schmeichelte
er dem Geschmack des Volkes durchaus nicht; aber
ihm war jenes brüderliche, trauliche Wesen eigen,
welches beim Volke, beim geraden, muthigen
und gutgesinnten Mann so leicht Eingang und
Boden gewinnt. Ein Freund Lincolns hatte seit
1856 gesagt: „Wenn es am treuen Volke ge=
wesen wäre, einen Präsidenten zu wählen, so
wäre Lincoln Präsident geworden. Allein es gibt
eine Menge Leute, die man nicht zu jenem Volke
zählen kann. Da sind zuerst die notorisch schlech=
ten Leute, die schon als solche dem gutgesinnten

Mann feind, da sind die Neidischen, die auf den ausgezeichneten Mann eifersüchtig sind. Ihnen schließt sich einerseits die urtheilslose Masse an, die sich stets entweder von den schlechten oder den neidischen Wählern blenden und leiten läßt, anderseits die Klasse der berechnenden Leute, die stets klügeln, wenn sie auf die Stimme des Gewissens hören sollten, die allen Stürmen gram, großen Uebeln nur mit halben Heilmitteln entgegen treten wollen. Diese Letztern waren sehr zahlreich und wir haben bereits gesehen, welchen klüglichen Einfluß sie auf die Politik des Landes ausübten, und wie sie mit ihrer Nachgiebigkeit gegen den Süden diesen in seinen kühnen Forderungen immer kühner machten.

Diese Leute waren es denn auch, welche gegen Lincolns Wahl zur Präsidentschaft den heftigsten Widerstand erregten. Hier müssen wir noch eines traurigen aber wahren Umstandes erwähnen. Wenn man gedacht hätte, daß der Süden seine Drohungen auszuführen, die Union zu sprengen und den Krieg herbeizuführen ernstlich beabsichtigte, so wäre Lincoln vermuthlich nicht gewählt worden. Brechen wir übrigens nicht sogleich den Stab über diese Feigheit, son=

dern fragen wir uns zunächst, was Jeder von uns bei den nämlichen Aussichten gethan hätte, wenn sie so klar vor unsern Augen geschwebt hätten. Und selbst, da sie noch weit nicht so gefahrdrohend waren, wie sie es später wurden, verdient es volle Anerkennung, daß dieses muthige Volk ihnen die Stirne bot. Und dann — achten wir auf den weitern Verlauf. Diese Leute, deren vielleicht einige zurückgeschreckt wären, wenn sie die durch Lincolns Wahl hervorgerufenen Stürme voraus gesehen hätten, nahmen alle diese unvor= hergesehenen Folgen, muthig, heldenmäßig auf sich und hielten sich bis an's Ende unbesieglich fest zu dem Manne ihrer Wahl. Das vermag uns mit vielem Andern auszusöhnen und uns bis in die Einzelheiten, die man erst vergessen wollte, den Finger Gottes zu zeigen. Gott wollte, daß die Schwachen einen starken Mann ernennen, damit sie bei hereinbrechender Gefahr stark mit ihm und stark wie er sein möchten.

IV.

1860 — April 1861.

〜〜〜〜

I. Kandidatur. — Wahlkurse. — Die republikanische Konvention. — Lincoln; Seward. — Wechselfälle. — Der Telegraph zu Springfield. — Befürchtungen. — Stimmgebung. — Lincoln ist gewählt. —

II. Eine Weihe, wie es deren wenige gibt. — Mordanschlag. — Ankunft in Washington. — Besuch bei Buchanan. — Die Verräther. — Alles war bereit zur Empörung. — Man sucht anzufangen, bevor sich Lincoln ausspricht. — Süd-Karolina, der Mississippi ꝛc. — Davis, Präsident. — Unthätigkeit der Bundesregierung. — Lincoln angesichts der Situation. — Das Gesetz der Pflicht.

III. Die Trennung vom Rechtsstandpunkte aus betrachtet. — Weises Programm Lincolns. — Das Werk der Zeit. — Die Stimme des Herzens. — Wirkungen. — Alles gewinnt bestimmtere Form.

IV. Die Installation. — Der allegorische Wagen. — Traurige Realitäten. — Die geschwächte und herabgewürdigte Macht.

— Wiedererhebung durch die Sympathie des ächten Volkes. — Unmittelbare Gefahren. — Die Festung Sumter. — 75,000 Mann zu den Waffen! — Beängstigungen. — Erste Befreiung. —

~~~~~~~~~~~

I.

Kommen wir also auf das Jahr 1860 zu sprechen, welches der Ausgangspunkt so mancher Ereignisse werden sollte.

Wir haben Lincoln's Wahl zur Präsidentschaft (1859) und jener beiden Pfähle bereits Eingangs erwähnt, die so sehr zu seinen Gunsten sprachen. Wir sehen ihn im Jahr 1860 wieder, wie er sich an einer „Sonntagsschule" in New = York betheiligte. Dorthin war er damals gekommen, um in denen, die aus kaufmännischen Gründen gemeinsame Sache mit dem Süden gemacht haben, die Gerechtigkeitsliebe zu erwecken. Wir wollen hier noch einmal betonen, daß derartige Reisen, die durch den amerikanischen Gebrauch nicht nur gutgeheißen, sondern auch geboten sind, der persönlichen Würde des Wahlkandidaten durchaus nichts schaden, wenn er sich sonst die Achtung zu wahren weiß.

Im Mai 1860 fand in Chicago eine Vor=

verſammlung der republikaniſchen *) Partei ſtatt.
Es handelte ſich darum, einen Kandidaten für
die Präſidentſchaft vorzuſchlagen. Getroffener
Uebereinkunft zufolge ſollte nach der Entſcheidung
die Minorität ſich mit der Majorität vereinigen.
Zwei Männer ſind im Vorſchlag, Lincoln und
Seward, Seward, der ſpäter ein ſo ſchönes Bei=
ſpiel republikaniſcher Selbſtverläugnung geben
und ſich zum Miniſter ſeines ehemaligen Neben=
buhlers ernennen laſſen wird, derſelbe Seward,
auf welchen es der Mörder Lincolns ebenfalls
abgeſehen hatte. Im erſten und zweiten Wahl=
gang erhielt Seward mehr Stimmen als Lincoln;
aber ohne entſcheidende Mehrheit, da ſich einige
Stimmen verſtreut hatten; im vierten Wahlgang
trug Lincoln den Sieg davon und ward der Ueber=
einkunft gemäß einhellig von dieſer Verſammlung
zum Präſidenten vorgeſchlagen.

Lincoln hatte Springfield nicht verlaſſen;
doch hatte er ſich auf das Telegraphen = Büreau
begeben, wo von einem Augenblick zum andern

---

*) Es braucht nicht erſt geſagt zu werden, daß dieſe Bezeich-
nung nicht auf das Vorhandenſein einer monarchiſchen Partei
ſchließen läßt. Lincoln war das Haupt der Republikaner, Douglas
das der Demokraten.

Nachrichten aus Chicago eintrafen. So vernahm er das Resultat der beiden ersten Skrutinien, begab sich dann aber, des Wartens müde, auf das Büreau des statistischen Journals. Er war freilich sehr bewegt; doch hinderte ihn bieß nicht mit einigen Freunden, die er dort traf, zu plaubern. Diese aber befanden sich in höchster Aufregung. Da plötzlich — vernimmt man Tumult, ein Mann tritt ein und übergibt Lincoln ein Billet, dessen Inhalt sich aus dem Freudengeschrei der Menge errathen ließ. Lincoln las es, ließ es in seine Tasche gleiten, ergriff seinen Hut und sagte: „Verzeihen Sie, meine Herren; ich habe eine wackere Frau zu Hause, die froh sein wird bieß zu wissen." Damit entfernte er sich. Ach sie ahnte wohl nicht, diese gute Frau, daß sie mit diesem Billet die Anwartschaft erhielt, frühzeitig Wittwe zu werden.

Indessen war der Sieg noch nicht gewiß. Der Vorschlag dieser Versammlung wurde zwar von der ganzen republikanischen Partei mit Freuden begrüßt; aber der Süden wies ihn einmüthig zurück. So durfte also nur der Norden seine Kräfte zersplittern und der Süden trug den Sieg davon. Glücklicherweise war es aber eben der

Süden, der seine Stimmen versprengte und man
hat darin sogar eine feine Taktik tonangebender
Personen finden wollen, die eben in der Wahl
Lincolns den willkommenen Vorwand zum längst
beabsichtigten Bruch erblickten. Sei dem, wie
ihm wolle, der Süden brachte zwei Männer in
Vorschlag — Douglas und Breckenridge. End=
lich ward von einer dritten Parthei — den kon=
servativen Unionisten — ein Vierter „John Bell"
vorgeschlagen.

Der Präsident wird nicht direkt durch das
Volk gewählt. Jeder Staat ernennt gerade so=
viel Wähler, als er Repräsentanten in die Kam=
mern des Kongresses schickt. Die Gesammtzahl
dieser Wähler beläuft sich auf 303. Hievon ge=
hören 183 Stimmen den 18 freien Staaten,
120 den 15 Sklavenstaaten an. Das absolute
Mehr ist also 152.

Die Wahl fand am 6. November statt.
Douglas hatte 12 Stimmen, Bell 39, Brecken=
ridge 72, Lincoln 180.

Lincoln war Präsident.

II.

Seine Abreise von Springfield haben wir
bereits geschildert, die Abschiedsworte an seine
Mitbürger schon erwähnt. Das aber müssen
wir nachholen, daß am Schluß seiner Rede,
da er sich der Fürbitte empfahl, viele Stimmen
riefen und viele Thränen es bezeugten: „Ja,
ja, wir werden für Sie beten!" Selten noch
ward Königen solche Weihe zu Theil.

Im Finstern aber waren der Mörder Hände
geschäftig. Ganz nahe bei Springfield gewahrte
man, daß Jemand Vorrichtungen getroffen hatte,
um den Zug aus dem Geleise zu bringen. In
Cincinnati wurde in einem der Waggons eine
beladene Granate gefunden. Die Polizei hatte
Wind bekommen von einem Komplot, welches
ein Italiener zur Ermordung Lincolns zusammen-
gebracht hatte. Er durchreiste daher diese Stadt
incognito und kam am 23. Februar, sehr früh
Morgens in Washington an. Hier waren alle
Vorbereitungen zu einem festlichen Empfang getroffen worden und man ärgerte sich daher zuerst,
soviel Lärm um nichts gemacht zu haben. Als
man aber um den Grund wußte, da wuchs das

Interesse für den Mann, der eben erst den Hän=
den der Mörder entronnen war. Die Befürch=
tungen aber blieben und das Gerücht verbreitete
sich, daß der neue Präsident niemals installirt
werde.

Er machte des Morgens einen Besuch bei dem
bisherigen Präsidenten Buchanan, der trotz seiner
ungeheuchelten Ueberraschung Geistesgegenwart
genug hatte, höflich, ja selbst herzlich zu sein.
Da der Ministerrath eben versammelt war, führte
Buchanan seinen Nachfolger dahin. Hier ward
er sehr verschiedenartig empfangen, von einigen
gar freudig; sehr gemessen aber von denen, die
da wußten, daß sie in Lincolns Augen Verräther
waren. Hatte doch im Vorgefühl einer Präsident=
schaftswahl nach den Wünschen des Nordens, der
Kriegsminister John Floid fast ein Jahr zuvor —
115,000 Gewehre in die Arsenale des Südens
gesandt! Und seit der Wahl Lincolns hatte jeder
Tag neue Entdeckungen der Art herbeigeführt.
Alles war, nicht nur unter den Augen der
Regierung, sondern mit deren thätigster Mit=
hülfe zu einer Empörung des Südens vorbereitet.
Buchanan selbst ließ hievon etwas durchblicken
in den Worten, womit er Lincolns Vorstellung

beim Ministerrath begleitete. Er nannte deſſen
Wahl eine regelrechte und unantaſtbare; gab aber
deutlich zu verſtehen, daß der Süden bedroht ſei
und daß man demſelben Ausgleichungen und
Garantieen ſchulde, die er ſich im Falle der Verweigerung ſelbſt holen werde. Ihm aber, wie
den meiſten Männern des Südens erſchien aber
eben die Wahl Lincolns als dieſe Verweigerung.

Auch war zu dieſer Zeit — nämlich vor
der Inſtallation Lincolns — der Aufſtand des
Südens ſchon faſt eine vollendete Thatſache. Es
lag den Führern daran, den Bruch zu beſchleuni-
gen und wo möglich herbeizuführen, bevor Lincoln ſich offiziel über ſeine Abſichten ausſprechen
konnte. Sie hatten einen ungeſtümen Abolitio-
niſten aus ihm gemacht, wie wohl ſie wußten,
wie wenig er dieſe Bezeichnung verdiente. Die
Sklaverei in ihre bisherigen Grenzen einſchließen,
das war Alles — wiederholen wir es — was
er ſeiner eigenen Erklärung zufolge wollte. Kein
Angriff auf die innere Souverainität der Skla-
venſtaaten lag in ſeiner Abſicht, wohl aber Er-
muthigungen, nöthigenfalls auch pekuniärer Bei-
ſtand für diejenigen Staaten, die etwa ſelbſt
Abſchaffung der Sklaverei beſchlöſſen und dem-

zufolge ihre Sklavenhalter zu entschädigen hätten.
Das alles war freilich zu vernünftig, als daß
die Führer des Südens, denen es um den Bruch
zu thun war, ihm nicht ganz andere Absichten
hätten unterschieben müssen.

Wenige Tage nach der Wahl Lincolns eröff=
nete Süd = Karolina den Kampf. Eine Konven=
tion ward auf den 17. Dezember einberufen und
am 20. erklärte Süd = Karolina seinen Rücktritt
von der Union. Mehrere andere Staaten: Mis=
sissippi, Alabama, Florida, Louisiana und Texas
folgten unmittelbar und vom 4. Februar 1861
an fand in Montgomery eine südliche National=
Versammlung statt. Den 18. wurde eine pro=
visorische Verfassung festgesetzt und Davis zum
Präsidenten des Bundes gewählt. Der Präsident
der Union hatte nichts dazu gethan, es zu ver=
hindern, noch hatte er nachher dagegen protestirt,
wohl aber hie und da Besprechungen unter Freun=
den des zukünftigen Regiments angeordnet. Da=
mit war wenigstens soviel erreicht, daß der Nor=
den über die Absichten des Südens aufgeklärt
wurde und merkte, daß die Südstaaten statt jeg=
licher Anbequemung den Krieg wollten und be=
reit waren das Schwert zu ziehen. Faktisch

hatten sie es schon gezogen, da sie sich der Ver-
proviantirung der Bundesfestung Sumter in Süd-
Karolina widersetzt und das hiemit betraute
Schiff bombardirt hatten.

So hatte sich die Lage in diesen drei Monaten gestaltet. Eine beträchtliche Secession, deren
Vergrößerung durch mehrere andere Staaten in
Aussicht stand, eine secessionistische Regierung,
die vollständig organisirt und zu allem bereit
war — stand Lincoln gegenüber. Unter diesen
Umständen hätte er sich mit einem Schlage aller
der erschreckenden Sorgen entledigen können, die
sie für ihn im Gefolge hatten. Er hätte sich
nur geneigt zeigen dürfen, das einmal Geschehene
gutzuheißen und Volks genug wäre ihm dahin
gefolgt, hätte ihn wohl gar in diese schiefe
Bahn hineingedrängt. „Der Süden will uns
verlassen; wohlan, so verlasse er uns! Dann
wird der Norden in den politischen, gesellschaftlichen und sittlichen Fortschritten, zu welchen er
entschlossen ist, nur um so freiere Hand haben!"
— Aber wie verkehrt wäre dieß gewesen! Der
wird das Böse nie überwinden, der schwach
genug ist, mit dem Uebel zu markten und zu
unterhandeln. Vor Gott hat ein Volk ebenso

wenig als ein Einzelner das Recht, sich seiner Aufgabe zu entledigen, aber das Recht bleibt Beiden unbenommen, zu einer schweren Aufgabe die Hülfe des Herrn zu erflehen und ihrer gewärtig zu sein. So dachte Lincoln sowohl für sich als für sein Volk, so dachte er bis an das Ende selbst zu den Zeiten, da so viel Unstern und Mißgeschick vor den Menschen und — fürchten wir uns nicht, es auszusprechen — selbst vor Gott eine etwaige Nachgiebigkeit entschuldigt hätten.

III.

Und doch beschäftigte seinen Geist eine schwierige Frage. Wir sind gewohnt über den Süden abzusprechen und haben auch hinlänglichen Grund dazu. Er verficht eine schlechte Sache, schlechte Leidenschaften sind im Spiel, schlechte Mittel in Anwendung. Das sind unbestrittene Thatsachen. Gibt es denn nicht über alledem auch eine Rechtsfrage? In wie fern hat ein Bund gesetzliches Recht, einen Staat, der freiwillig beigetreten ist und im Gebrauch der nämlichen Freiheit seinen Austritt erklärt, aufzuhalten oder zum Rücktritt zu zwingen? Es ist einerseits klar, daß der

Bund nicht alles und jedes Rechtes über einen
solchen Staat, den er aufgenommen und beschützt
und auf den er gerechnet hat, baar und ledig
ist; anderseits ist es aber auch klar, daß das
Volk dieses Staates nicht ewig gebunden sein
kann durch einen Vertrag, den seine Väter unter=
zeichneten und der ihm selbst verhaßt geworden ist.

Daher mußten in Lincolns Inaugurations=
rede Dinge vorkommen, die als Inkonsequenzen
erscheinen konnten und es wohl auch waren, die
aber doch in ihrem Zusammenhang das beste
und weiseste aller Programme bildeten.

Die Bundesverfassung schweigt völlig über
eine etwaige Trennung und läßt nicht einmal
den Gedanken an deren Möglichkeit aufkommen.
Ist sie aber darum eine Unmöglichkeit? Nein,
es kann sich überhaupt nichts Menschliches für
ewig ausgeben, daher auch das Band nicht, das
die Vereinigten Staaten verbindet. Möglich ist
die Trennung, aber nie gesetzlich, sie erfolge denn
mit Einwilligung beider Parteien. Die gegen=
wärtige Trennung ist daher wohl eine Thatsache;
aber gesetzlich ist sie nicht.

Was wird der Präsident thun? — „Da
vom Gesichtspunkt der Konstitution aus," sagt

er, „der Bund nicht gebrochen ist, so werde ich, soviel an mir ist, darüber wachen, daß die Gesetze der Union überall beobachtet werden.“

Wie aber wird er darüber wachen? Mit allen den Rechten, welche ihm die Verfassung bietet. Diese gestattet ihm nicht, den Krieg in einen der Bundesstaaten zu tragen; zugleich aber verbietet sie ihm, der Union die Arsenale und Festungen entreißen zu lassen, die ihr gehören. Arsenale und Festungen werden also durch die Bundestruppen besetzt bleiben und — werden sie genommen — so erobere man sie wieder. (Post= dienst, Steuern und dgl.) Was aber die innere Bundesverwaltung anbelangt, so soll ein Staat, der sich weigert, die Beamten der Centralregie= rung aufzunehmen, nicht mit Gewalt gezwungen werden. Man wird warten, bis die Zeit das Ihre thut.

Bei diesem Gedanken am Schluß verweilend überläßt sich Lincoln etwas den Gefühlen seines Herzens. Zunächst wendet er sich an diejenigen, welche diesen Weg zu friedlich und zu sanft finden könnten. Sie mögen sich beruhigen und über die gegenwärtige Spannung hinwegsetzen. „Fleiß, Vaterlandsliebe, lebendiger, christlicher Sinn,

festes Vertrauen zu Dem, der noch nie dieses
Land verließ — das ist's, was auf die beste
Weise allen gegenwärtigen Schwierigkeiten ein
Ende machen wird." — Dann wendet er sich
an die Leute des Südens:

„In Euern Händen, meine unzufriedenen
Mitbürger, nicht in den meinigen, liegt die Ent=
scheidung über die schreckliche Frage des Bürger=
krieges. Die Regierung wird Euch nicht angrei=
fen und es wird keinen Konflikt geben, wenn
Ihr ihn nicht selbst hervorruft. Ihr habt keinen
im Himmel eingeschriebenen Eid auf Euch, die
Bundesregierung umzustoßen; ich aber habe den
feierlichsten Eid geleistet, sie zu handhaben, zu
beschützen und zu vertheidigen. Wir sind nicht
Feinde, sondern Freunde. Nein, wir sollen auch
nicht Feinde werden. Vom Schooß der Schlacht=
felber aus, wo wir ehemals unser Blut für die=
selbe Sache vergossen, vom Grunde jedes Grabes,
in dem ein guter Bürger ruht, wird jedes leben=
bige Herz, jeder Heerd des Landes geheimnißreich
beeinflußt werden; diese gesegneten Bande werden
noch zu unserer Einigung beitragen, sobald sie
durch unsre guten Engel die Erinnerungen und

Bedürfnisse der Brüderlichkeit wachzurufen ver= mögen."

Diese Worte, deren Energie und poetischen Hauch wir nur schwach wiedergeben können, wurden mit größtem Beifall aufgenommen und es war wohl nicht Einer unter den Anwesenden, der sie nicht von Herzen den Brüdern zugerufen hätte, die Lincoln damit erreichen wollte. Mehr als einer unter diesen ward gerührt und verwirrt, als die Presse diese Rede verbreitete und das um so mehr, als Lincoln feierlich alle die Plane in Abrede stellte, die man ihm untergeschoben hatte, um ihn im Süden verhaßt zu machen. Dessen Wortführer beeilten sich daher alsobald diese Rede in ein gehässiges Licht zu stellen und sie eine verdeckte, gewandte, heuchlerische Kriegserklärung zu nennen. Selbst im Norden sprachen sich ge= wisse Leute in diesem Sinne aus. Ihnen zufolge wollte der Präsident den Krieg und zeigte sich nur so sanft, damit er das Land um so sicherer hineinziehen könnte. Aber diese Stimmen wur= den bald zum Schweigen gebracht, sei es durch den Süden selbst, dessen steigendes Ungestüm einen längst geschmiedeten Plan verrieth, sei es durch den Präsidenten, der mit aller Zuversicht=

lichkeit an die Ausführung seines Progamms ging.

IV.

Die Einweihungsfeierlichkeit war glänzend gewesen; hatte aber auch bis in's Einzelne hinein jenes wohlthuende Gepräge bewahrt, das den Helden des Tages so vortheilhaft auszeichnete. Weder Drohungen noch Prahlereien verunzierten den Tag. Im Zuge hatte sich ein allegorischer Wagen befunden, den man eigentlich den einleitenden Kommentar hätte nennen können zu den guten und schönen Worten, mit welchen Lincoln seine Rede schloß. Auf diesem reichgeschmückten und mit Trophäen gezierten Wagen hielten sich zwei Mädchen an der Hand. Das Eine, in seiner blauen Tunika stellte den Norden, das andere mit weißer Tunika den Süden dar. Um den Wagen flatterten, von 34 andern Mädchen getragen, brüderlich 34 Banner, die Banner sämmtlicher Unionsstaaten.

Wenn aber auch Lincolns Herz und Auge vorübergehend durch diese lieblichen Symbole erquickt wurde, so war die Wirklichkeit des folgen-

den Tages, ja des nämlichen Abends nur um
so trauriger.

Alle amtlichen Beschäftigungen sollten zugleich vorgenommen werden und jede war mit
Schwierigkeiten verknüpft, selbst das, was sonst
nicht hätte schwer sein sollen. Die vorige Regierung hatte den Schauplatz ihrer Thätigkeit verlassen, wie man etwa eine Citadelle dem siegreichen Feinde überläßt. Mit den Arsenalen
und Festungen hatte sie es nicht nur vergleichs-
weise, sondern buchstäblich so gemacht. In der
Verwaltung befand sich Alles in Unordnung.
Schlechter Wille, lange Sorglosigkeit und vollständige Erschlaffung in allen administrativen
Obliegenheiten hatten sich zur Herbeiführung
derartiger Zustände in die Hand gearbeitet.
Selbst den Sklavenhandel, welcher durch Verein-
barung aller Mächte, die Vereinigten Staaten
inbegriffen, untersagt war, hatte die vorige Regierung nahezu autorisirt; wenigstens konnten die
Sklavenschiffe — wenn sie nur einige Vor-
sicht anwendeten — ungehindert die Thore der
Union passieren. Wenn man einmal da angelangt ist, hören alle Gesetze auf! Kurz, niemals hatte ein Präsident so nöthig fest und stark

zu sein und nie hat einer die Staatsgewalt in
so kläglichem und traurigem Zustand empfangen.

Aber das Volk, das ächte Volk wandte ihm von
Tag zu Tag mehr Theilnahme zu und weil dieses
theilnehmende Volk von Tag zu Tage sich ver=
mehrte, so verminderten sich auch die Schwierig=
keiten mehr als man anfangs erwartet hatte.
Wird diese Beobachtung etwa Lincolns Ruhm
vermindern? Nein, eher wird er dadurch gewin=
nen! Hatte er sich nun weniger als gewandter
Mann zu zeigen, so trat der gutgesinnte Mann
um so mehr in den Vordergrund und zwar mit
allen den sittlichen Kräften ausgerüstet., die um
ihn her wieder Leben gewannen.

Doch genügen diese moralischen Kräfte nicht
gegen den plötzlichen Anprall roher Gewalten.
Der Süden, längst zum Angriff bereit, konnte
Erfolge erringen, die den Norden ganz von ihm
abhängig machten.

Die Eroberung der Festung Sumter, welche
am 14. April stattfand, war an und für sich
kein großer Triumph; 70 Männer hatten einer
Armee Stand gehalten und es hatte eines regel=
rechten Bombardements bedurft, um sie zur Ueber=
gabe zu zwingen. Aber dieser Erfolg, so klein

er auch war, dieses Bombardement selbst mit
seinem großen Lärm und Rauch hatten die Erregung des Südens auf's Höchste getrieben. Lincoln rief am folgenden Tage 75,000 Mann zu
den Waffen und dieser Ruf wurde mit großer
Begeisterung aufgenommen; aber trotz dieser Begeisterung bedurfte es wenigstens einige Tage,
um sich zu vereinigen und diese Bataillone aus-
zurüsten — und die Konföderirten sprechen bereits
davon nach Washington zu marschieren. Man
vernimmt sogar, daß ein Korps von 6,000
Mann zu diesem Zweck vereinigt ist und Washington hat deren nicht 600 zur Vertheidigung!
Welche Tage! welche Stunden! Denn nicht nur
von Tag zu Tag, sondern von Stunde zu Stunde
konnte der Feind in die Hauptstadt einrücken.
Lincoln aber warf sein Vertrauen nicht weg,
weder das Vertrauen zu seinem Volk, noch viel
weniger das Vertrauen zu dem, welcher den
Leuten des Südens den Gedanken an den Marsch
nach Washington und die erforderlichen Mittel
hiezu benehmen konnte und auch in der That
benahm. Den Aussagen eines Zeugen zufolge
war er in diesen Tagen so ruhig, wie in seinem
Hause zu Springfield. Ans Fliehen dachte er

von ferne nicht. Ein Regiment von New-York hatte die Ehre zuerst in Washington einzutreffen, ein zweites kam von Massachusett. Die Hauptstadt war gerettet; nun aber war keine Illusion mehr möglich; das ist der Krieg, der große Krieg, welcher sich über das ganze Land verbreiten wird.

V.

April 1861 — Juli 1863.

~~~~

I. Die Meinung Europa's. — Die Regierungen. — Das Volk. — Dürfen wir glauben, daß die Sklaverei nicht die einzige Ursache des Krieges gewesen sei? — Lincoln immer derselbe. — Der Arzt und die Krisis. —

II. Unglückliche Anfänge. — Bull-Run. — Schlappe auf dem Meer. — Erste Botschaft Lincoln's. — Die Pflicht und immer wieder die Pflicht. — Begeisterung, Thätigkeit. — 500,000 Mann unter den Waffen. — Der Süden ist reicher an Offizieren. — Der Norden wird bald eben so reich sein. — Moralische Ueberlegenheit. — Die Geschichte von Trent. —

III. 1862. Viel Blut. — Wen wir beklagen sollen. — Mill-Spring. — Pittsburg Landing. — Der Monitor und der Merimac. — Wiederhall und Folgen. — Millionen und Milliarden. —

IV. Eroberung von Neu-Orleans. — Die Schlacht der sieben Tage. — Harpers-Ferry. — Fridericksburg. — Murfreesboro. — Kämpfe in Menge. — 1863. — Nothwendiger Waffenstillstand. — Neuer Anfang. — Gettysburg.

V. Lincoln auf dem Schlachtfelde. — Einweihung des Friedhofs. — Lincolns Rede. — Der Bürger; der Christ. — Christ seit Gettysburg. — Was dieß sagen wollte. — Ein günstiges

und doch ungerechtes Urtheil. — Das Christenthum in den Vereinigten Staaten. —

VI. Warum Lincoln stets auf der Höhe seiner Aufgabe blieb. —
Die Macht des rechtschaffenen Mannes. — Eine Audienz. —
Die Frau des Soldaten. — Der junge Mann. — Eine Hand. —
God bress Massa Linkum! — Immer derselbe Mann. —
Einzelnheiten. —

I.

Welches war in diesem Augenblick die Meinung Europa's und welche Stütze fand der Präsident außerhalb seines zerrissenen Landes?

Man muß sagen: fast gar keine. Die Regierungen beunruhigten sich nur über den Konflikt,
um sich etwa zu fragen, ob es ihnen recht sein
könne oder nicht, von nun an zwei Unionen
statt einer zu haben. Sie sagten sich einerseits,
daß der Süden, einmal frei, ganz dazu angethan
wäre, hie und da den Frieden der Welt zu stören;
anderseits aber waren sie froh, einen Körper sich
in zwei Theile spalten zu sehen, dessen unerhörtes
Wachsthum ihnen doch etwas Furcht einflößen
konnte. Fügen wir bei, daß das vorhergehende
Regiment, obwohl innerlich so schwach, doch
manchmal nach außen spröde und prahlerisch ver-

fahren war, so konnte den Diplomaten die Demüthigung Lincolns als eine gerechte Rückkehr des Glücks erscheinen und ohne auf einen Schlag den Süden anzuerkennen, ließen sie deutlich genug merken, daß die erste Beeinträchtigung des Nordens ihre leichte Rache wäre. Soviel hinsichtlich der Regierungen. Die allgemeine Meinung gestaltete sich nicht viel günstiger. Sehr wenige verstanden die Frage und viele unter denen, welche sie später verstanden und welche jetzt den Mann anerkennen, in welchem sie sich verkörpert hat, geben nun auch zu, daß sie zuvor weder gegen das Land noch gegen den Mann gerecht gewesen sind. Weil der Präsident nicht gleich Anfangs die Sklaverei als abgeschafft erklärt und weil er nicht als Antwort auf alle die ersten Angriffe die Abschaffung der Sklaverei proklamirt hatte, schloß man sogleich, daß weder für ihn noch für sein Volk die Sklaverei die brennende Frage sei; man glaubte vielmehr schließen zu dürfen, daß Leidenschaften, Haß, Interessen überhaupt im Spiel seien. Wir sind immer ge=schickt, uns der Aufgabe, Andere zu bewundern oder wenigstens zu achten — zu entziehen.

Werden wohl jetzt noch einige Personen diesen

leibigen Eindruck der erſten Tage feſthalten?
Das ſcheint uns doch etwas ſchwierig. Und
wenn dem ſo wäre, ſo bitten wir dieſe Perſonen —
nicht die Reden Lincolns — denn man könnte uns
ſagen, daß er einzig und allein aus Taktik die
Sklaverei in den Vordergrund geſtellt habe —
wohl aber die Veröffentlichungen des Südens zu
leſen, die amtlichen und diejenigen aus zweiter
Hand und es uns zu ſagen, wenn man darin
keine andere Frage berührt findet, nicht einmal
die Tariffrage, die noch vor 15 Jahren einen
ſo ernſten Charakter angenommen hatte. Man
leſe vor Allem noch einmal die Trennungs=Dekrete
und zwar vorab diejenigen von Südkarolina,
dann von Miſſippi, dann die der übrigen Staaten
und man zeige uns deren einen, wo nicht die
Sklavenfrage nicht nur die erſte, ſondern auch
die einzige iſt und wo die Beſchwerden gegen die
Wahl Lincolns nicht gerade dieſes Gebiet berührt
hätten. Alle dieſe Staaten hätten doch wahrlich
Urſache genug gehabt, andere Beſchwerden aufzu=
zählen. Denn ſie wußten ja wohl, was ſie in
den Augen Vieler, was ſie in den Augen Europas
verloren mit ihrer Erklärung, daß ſie für Hand=
habung der Sklaverei kämpften; ſie wußten ja

wohl, daß sie in den Augen derselben Leute, in
den Augen des nämlichen Europa die schöne Rolle
dem Norden überließen, als dem Theile, der
für Abschaffung der Sklaverei kämpfte. Das
haben sie auch wirklich und beständig gethan
und ihre brutale Offenheit, mit welcher sie uns
Aergerniß gaben, liefert uns hiefür den besten
Beweis. Ja, freilich war die Sklaverei des Krieges
Ursache. Daß verschiedene Ränke dazu beige=
tragen haben, ihn zum Ausbruch zu bringen —
daß nicht alle Kämpfer des Nordens auf der
Höhe der Sache standen vom ersten Tage an —
das verneinen wir nicht. Aber das Wesentliche
der Bewegung war doch vom ersten Tage an
etwas ganz Anderes, als was Europa zu glauben
schien. Das moralische Element, welches sich
unter dem Einfluß Lincolns klarer und klarer
kennzeichnete, war doch von Anfang an Augen,
die da sehen wollten, unverborgen und erschien
ihnen nicht nur als ein guter Keim, sondern
bereits als etwas mächtiges und herrschendes.
Was Lincoln selbst anbelangt, so müßte man
nun, da alle Thatsachen bekannt sind, nicht nur
ungerecht, sondern auch blind sein, wenn man
nicht anerkennen wollte, daß der Lincoln der

erften Tage nicht zugleich derjenige der letzten
Tage war. Ich bin überzeugt, hat neulich ein
Schriftſteller *) geſagt, daß Lincoln an dem Tage,
da er in's Weiße Haus eintrat, ſich in der feier=
lichen Stille ſeines Gewiſſens ſagte: „Ich werde
der Befreier ſein von 4 Millionen Sklaven;
meine Hand iſt gewählt, um der ſchändlichen
Einrichtung für immer ein Ende zu machen."
Aber was Alles war zur Erreichung dieſes Ziels
erforderlich? Der Süden mußte ſich wieder
unter ſeine Herrſchaft begeben, der Norden die
nöthige moraliſche Kraft erlangen, um ſeinen
Führer in dieſem großmüthigen Staatsſtreich zu
unterſtützen. Dieſe Kraft wird ebenſowohl durch
die Niederlagen, wie durch die Siege, durch ver=
lornes oft noch mehr als durch vergoſſenes Blut
erworben. Von dieſem Geſichtspunkte aus ver=
mochten die möglichen und nachher nur zu wirk=
lichen Schlappen Lincolns Plan nicht zu ſtören.
„Er mußte geduldig warten" fährt derſelbe Schrift=
ſteller fort „bis das Land jene rauhen und harten
Lektionen und zwar deren eine nach der andern
empfangen hatte, die der Krieg gibt und bis das

---

*) Revue des deux mondes, Mai 1865.

bis in den Grund verwirrte Gewissen des Volkes sich den heldenmäßigen und großmüthigen Eingebungen öffnete. Lincoln war wie ein Arzt, der ein Heilmittel weiß, sich aber dessen nicht bedienen kann, bis eine große Krisis vorüber ist."

II.

Aber der zuwartende Arzt läuft oft Gefahr, der Unwissenheit, der Feigheit, oft noch schlimmerer Dinge beschuldigt zu werden.

So ging es auch Lincoln mit dem geringschätzigen Urtheil Europas. Militärische Erfolge hätten ihn rasch erhoben; wir wissen gegen Sieger nie streng zu sein und gerne hätten Viele den Gedanken an die Neger völlig aufgegeben, wenn Lincoln mit einem Schlage die Rebellion gedämpft hätte. Aber nein. Die Anfänge sollten nicht glücklich sein. Vom April bis im Juli theilen sich Erfolg und Niederlage, aber zwischen der Revolution und der gesetzlichen Autorität ist der halbe Sieg eine Demüthigung für diese und für jene eine Ermuthigung. — Im Juli findet die erste geordnete Schlacht statt und diese Schlacht bei Bull=Run ist für die Föderirten nicht nur eine Schlappe, sondern eine vollständige Niederlage.

Die Armee wird auf dem Rückzuge von einem
Schrecken erfaßt, wie er in der Geschichte durch=
aus nicht vereinzelt dasteht; kommt im schrecklich=
sten Durcheinander nach Washington zurück und
die Feinde in Amerika, die Gleichgültigen und
Gegner in Europa werden nicht ermangeln, ihrem
Hohn über die Flüchtlinge von Bull=Run Luft
zu machen.

Der erste Kampf auf dem Meer sollte eben=
falls eine Niederlage sein. Lincoln hatte die
Häfen der aufrührerischen Staaten als in Blokade=
zustand versetzt — erklärt. Bald nach der
Schlacht Bull=Run wurden sechs vor New = Orle=
ans kreuzende Bundesschiffe von einigen südlichen
Schiffen angegriffen. Eins der sechs Bundes=
schiffe geht unter und der Rest wird arg zugerichtet.

Diese Schlappen nützen übrigens im Ganzen
mehr als irgend ein mittelmäßiger Sieg, der
vielleicht nur die Selbsttäuschung der Sieger über
die Ausdehnung der Gefahr im Gefolge gehabt
hätte. Es war der traurige, aber doch beredte
und unwiderlegliche Kommentar zu der Botschaft,
die Lincoln soeben an den am 4. Juli vereinig=
ten Kongreß gerichtet hatte.

In dieser Botschaft beginnt der Präsident

damit, die Thatsachen darzulegen. „Der Süden"
sagt er „hat von Anfang an keine andere Möglichkeit zugelassen, als den Bruch entweder gutzuheißen oder aber zu den Waffen zu greifen."
Er, Lincoln hatte versucht, eine dritte Möglichkeit herbeizuführen: nämlich geduldig zu warten,
selbst auf die Gefahr momentaner Unterbrechung
der Bundesgewalt in den empörten Staaten, bis
die Bewegung sich milderte. Aber das Bombar-
bement der Festung Sumter, der Marsch gegen
Washington ließ keine Wahl mehr; es mußte
Gewalt gegen Gewalt gebraucht werden. „Muß
denn eine Regierung" fährt Lincoln fort „noth-
wendigerweise immer entweder zu stark sein —
hinsichtlich der Freiheiten ihres Volks oder zu
schwach, ihre eigene Existenz zu erhalten?" Und
er schließt damit, wie es nun an den Vereinigten
Staaten sei zu zeigen, wie durch Kraft das Recht
könne aufrecht erhalten bleiben ohne Beeinträchtigung der Freiheit. Endlich: „Nur mit Schmerz"
sagt er „hat der Präsident zu den Waffen ge-
griffen. Aber sein Gewissen ist ruhig. Als ein-
facher Bürger hätte er den Umsturz der Union
nie gutgeheißen, so hat er sich als Präsident
nur durch sein Gewissen und durch dieses allein

ganz ohne alle despotische oder ehrgeizige Bei=
mischung leiten lassen. Er hat im vollen Ge=
fühl seiner Verantwortlichkeit seine Pflicht gethan.
Der Kongreß thue nun auch die seinige und
alle miteinander wollen wir mit erneuertem Ver=
trauen auf Gott die Straße furchtlos ziehen,
die wir uns einmal gezeichnet haben."

Wenige Tage nach dieser Botschaft konnte
der Kongreß mit eigenen Augen die blutenden
Trümmer von Bull=Run sehen. Keinerlei Ent=
muthigung zeigte sich in der Versammlung und —
hätte sie gezögert, zu thun, was sie thun sollte —
so hätten ihr die Nachrichten, die überall vom
Norden her einliefen — ihren Weg vorgezeichnet.
Ueberall verlangte das Volk, daß man die Offen=
sive ergreife und dem Präsidenten die nöthigen
Mittel hiezu an die Hand gebe und die nöthige
Macht. So wurde fort geschritten und Dank
der allgemeinen Begeisterung, Dank der verschwen=
berischen Thätigkeit, welche die Regierung entfal=
tete — hatte der Norden gegen Ende des Jahres
500,000 Mann unter den Waffen. Dieß war
auch nicht zu viel. Der Süden hatte deren fast
ebensoviel und war notorisch reicher an Männern,
die im Kriegs=Kommando Erfahrung hatten.

Das Klima, das Temperament, die Gewohn=
heiten, die Gunst der Vorgänger Lincolns, die
seit 24 Jahren Männer des Südens waren, hat=
ten aus diesem Theil des Landes eine wahre
Pflanzschule von tüchtigen Kriegern und guten
Offizieren gemacht und als der Konflikt aus=
brach — hatte für den Norden Niemand gear=
beitet. Davis, der Präsident des Südens, ehe=
maliger Kriegsminister — kannte sie alle seit
langer Zeit, Lincoln hatte bis zum Antritt seiner
Präsidentschaft nur erst mit drei niederen Offi=
zieren geplaudert, wie er sich ausdrückte. Von
daher schreibt sich denn auch bei ihm im Anfang
des Krieges ein Gefühl von Verwirrung und
Ohnmacht, das ihm unter allen seinen Sorgen
die peinlichste war. Mit guten Offizieren hat
man schnell gute Soldaten, aber die guten Offi=
ziere lassen sich nicht aus dem Boden stampfen.
Der Norden sollte deren dennoch in Bälde und deren
viel haben; ein neuer Beweis, wenn es nöthig
wäre, von der Fruchtbarkeit dieses großen Volkes
und von den mächtigen Talenten, die in dem=
selben sich entwickeln können.

Wir dürfen übrigens nicht verkennen, daß
im Süden viele Talente auftauchen und von

Muth begleitetsein konnten, der nicht eben größer, wohl aber heftiger und für diejenigen, welche die Dinge beurtheilten ohne sich groß um den Grund des Streites zu bekümmern, blendender war. Aber für aufmerksamere Augen, für menschlichere Herzen ist einmal unwiderleglich, daß der eigenthümliche Schmutz der Sache des Südens, die Sklaverei und ihre Verirrungen — auch mehr oder weniger alle ihre Waffenthaten und alle ihre Führer besudelt hat. Wenigstens fehlt nicht viel daran. Man entschließt sich schon nicht ohne Widerwillen, die Hitze von Leuten, Muth zu nennen, die ihr Gewissen ertödteten, um nicht sehen zu müssen, daß ihre Sache eigentlich schlecht und moralisch verloren war, wenn dieselbe durch sie triumphiren mußte. Und von welchen Erscheinungen sehen wir diesen Muth begleitet? Nur zu oft nahm der Kampf von Seite des Südens den Charakter eines gehässigen, unbarmherzigen, wilden Krieges an; Verwüstungen, unnütze Grausamkeiten, schrecklich behandelte Gefangene, Verwundete, die man auf dem Schlachtfelde verbluten ließ oder aufnahm, um sie hülflos sterben zu lassen — das ist's, was nur zu oft die Erfolge des Südens unsern Blicken

dargeboten haben. Daß Soldaten oder selbst
Führer des Nordens oft dieselben Vorwürfe ver=
dienten, ist möglich, aber im Ganzen besteht
nichtsbestoweniger ein großer Gegensatz und man
kann sagen, daß die nördliche Armee auch in
den schrecklichsten Kriegsstürmen den Geist der
Mäßigung und der Menschlichkeit behalten hat,
der uns im Präsidenten so wohlthuend entgegen=
tritt.

Diese Mäßigung hatte sich auch mehr als
einmal in den Beziehungen nach außen kundzu=
geben, namentlich in der sogenannten Geschichte
von Trent. Man weiß, daß zwei südliche Ab=
geordnete, welche beauftragt waren, vor den
Europäischen Regierungen für die Ursache der
Trennung zu plaidieren, unterwegs durch einen
Offizier der Union arretiert und hernach von
England als auf einem englischen Schiff Gefan=
gene gefordert wurden. Das moralische Recht
war auf Seite der Union und das politische
Recht auf Seite Englands; Lincoln gab daher
ohne Schwierigkeit nach. Diejenigen, welche da=
mals gesagt haben, er habe nur aus Furcht
nachgegeben, kannten ihn noch nicht.

III.

Doch kehren wir zurück.

Viel Blut war im Jahr 1861 geflossen und anno 1862 sollte dessen noch viel mehr fließen, fünfmalhunderttausend Soldaten haben fünfmalhunderttausend gegen sich und da beginnt nun wirklich der große Krieg, wo man Treffen, wie sie manche berühmte Schlacht nicht aufzuweisen hat, nur einfach Kämpfe oder gar nur Scharmützel nennt. Das Herz blutet Einem, wenn man an die unzählbaren geopferten Leben denkt und zwar an Orten geopfert, die nicht einmal immer einen Namen haben oder deren Name — unter hundert andern verloren — keinerlei Erinnerung wach ruft. Aber trotz alldem können wir die nicht beklagen, die da fielen für die unsterbliche Sache der Gerechtigkeit, die Bruderliebe, die Civilisation durch das Evangelium. Je dunkler der Tod ist, je mehr gilt er als ein Opfer, das den innern Schatz des Volkes bereichert. Besiegte oder Sieger, Unbekannte oder mit Ruhm Bedeckte, alle für die gute Sache Gefallenen haben dem Lande ein unvergängliches Erbe hinterlassen. Und es gehörte nicht weniger als dieß

dazu, um einen Schriftsteller, dessen Religion
und Grundsätze ihn nicht eben zu solcher Bewun=
derung hinreißen konnten, Herrn von Monta=
lambert zu folgenden Zeilen zu veranlassen:
„Dieses Volk hat in der entsetzlichsten Krisis,
die keine andere Nation durchzumachen vermöchte,
eine Energie, eine Selbstverleugnung und einen
Geist gezeigt, der seine erbittertsten Gegner auf's
Tiefste gerührt und seine größten Freunde auf's
Höchste überrascht hat; es hat sich auf diese
Weise unter den großen Völkern der Welt den ersten
Rang erworben. **Le Correspondant Mai 1865.**

Wir können hier nicht jedem dieser blutigen
Tage ein Wort widmen. Begnügen wir uns,
den Gang der Ereignisse mit großen Schritten
zu verfolgen.

Die erste Schlacht (Mill Spring, 19. Januar)
war ein Sieg des Nordens, die zweite (Pittsburg=
Landing), wo fast hunderttausend Mann einan=
der gegenüber standen, war ein ungeheures Ge=
metzel, in welchem endlich die Südlichen die Flucht
ergriffen, ohne daß der Norden einen eigentlichen
Sieg davon getragen hatte.

Zwischen diesen beiden Schlachten hatte eine auf dem Meere stattgefunden, welche in der ganzen Welt ungeheures Aufsehen verursachte.

Es war am 9. März; 12 Schiffe, 6 nördliche, 6 südliche standen sich gegenüber. Gegen den Mittag fährt ein Ungeheuer wasserpaß den Strom Elisabeth hinunter, stürzt sich gegen den Cumberland, ein Schiff des Nordens, und treibt ihm einen langen Eisensporn in die Flanken. Der Cumberland gibt Feuer aus allen seinen Geschossen. Es hätte ebensoviel genützt, das Ungeheuer mit Flintenschüssen zu empfangen; auch nicht eine Kugel verletzt seine eisernen Flanken. Es entfernt sich ein wenig, gibt eine volle Lage, kommt zurück und der Cumberland, von neuem angelaufen, geht unter. Ein anderes, von ähnlichem Loos bedrohtes Schiff, sieht sich genöthigt, sich zu ergeben.

Die Nacht naht; der Merimac will den Tag abwarten, um seine Angriffe fortzusetzen. Des andern Tages geht er wirklich ans Werk, um den Minnesotta, der an der Küste gescheitert war, anzugreifen. Aber plötzlich läßt er den Minnesotta und stürzt sich gegen einen neuen Feind. Der Monitor trifft ein, ein anderes

Ungeheuer, noch mehr wasserpaß, noch weniger verwundbar, von welchem man nur eine Art Thurm hervorragen sieht. Von diesem Thurm aus und durch eine einzige Oeffnung fliegt von Zeit zu Zeit eine Kugel, aber eine enorme. Sie wird das Gehäuse des Merimac nicht durchbringen, aber doch ihrer erschütternden Wirkung nicht verfehlen. Endlich ist der Merimac genöthigt, um schießen zu können, seine Stückpforten zu öffnen und zweimal gelingt es der feindlichen Kugel da einzubringen und im Innern große Verheerungen anzurichten. Der Merimac hat gerade noch soviel Kraft zu fliehen; er flieht und die Ehre des Tages bleibt dem Norden. Aber für soviel verlorne Schiffe und Menschenleben war sie immer noch theuer erkauft.

So endete dieser berühmte Kampf, der in der Geschichte der Seekriege eine ganz neue Periode eröffnete. Die hölzernen Schiffe sanken mit einem Mal auf den Werth der Maschienen herab, die man vor der Artillerie anwendete und die Idee hat in weniger als 4 Jahren fabelhafte Fortschritte gemacht. Kaum hatte man als Versuch zwei gepanzerte Schiffe angewendet, so sprach man von gepanzerten Flotten. Man behauptet, daß die Menschheit dabei gewinnen werde. Seltsamer Weg für die Menschheit! Die Finanzen gewinnen inzwischen nichts und zu Hunderten zählen sich die Millionen, die man schon ausgegeben hat, um Holz durch Eisen zu ersetzen.

Ja, die Millionen! die bilden auch noch eine traurige Seite dieses ungeheuren Krieges. Wenn man seufzt um des vergossenen Blutes willen, so ist es wohl erlaubt, auch um dieser erschrecklichen Summen willen zu seufzen, welche anders angewendet, so manche materielle oder moralische Fortschritte hätten zahlen, so manches Elend mildern oder heben können und welche von diesem Gesichtspunkt aus auch als Blut anzusehen sind. Dreizehn Milliarden in vier Jahren, neun Millionen täglich — das ist's, was der Norden ausgegeben hat. Fügen wir die noch unbekannte, aber ungeheure Summe hinzu, welche der Süden brauchte; fügen wir hinzu den Werth der zerstörten Ländereien, der zerstörten oder nicht hervorgebrachten Baumwolle, die Arbeit so vieler dem Ackerbau und der Industrie entzogener Hände — und wir haben einen neuen Totalbetrag, der die obenerwähnte erschreckliche Summe gut um das Doppelte übersteigt. Man hat

Mühe, sich im Centrum dieses fast aufreibenden
Trubels den vorzustellen, der einst, wie wir
sahen, nicht ein altes Buch zu bezahlen vermochte.

III.

Noch schwieriger ist es, sich inmitten dieser
ungeheuren, militärischen Bewegung den Sohn
des Quäckers und den Erben seines friedliebenden
Geistes zu denken.

Im April naht sich eine Flotte dem Meer=
busen von Mexiko; es handelt sich darum, den
Konföderirten ihren Hauptprovisionsplatz, Neu=
Orleans zu entreißen. Mehrere Festungen ver=
suchen die Annäherung zu verhindern und 20,000
Bomben vermögen nicht deren Widerstand zu bre=
chen. Aber man erzwingt den Durchpaß. Die
Stadt wird erobert und die Festungen ergeben
sich. Eine andere Expedition bemächtigt sich meh=
rerer wichtiger Punkte an den Ufern der rebelli=
schen Staaten.

Stets zeigt sich aber unter den streitenden
Armeen diese Wechsel von Erfolg und Nieder=
lagen. Im Monat April erringt Mac=Clellan,
der Held des Nordens einen Sieg nach dem andern;
den Monat Juni findet die Schlacht von Gaines=

Hill und damit eine traurige Niederlage der Nördlichen statt. Diese Schlacht ist an und für sich
nur ein Akt jener großen Siebentage = schlacht,
in welcher nahezu 80,000 Mann fielen. Am
letzten der sieben Tage stellten die beiden Heere,
die noch durch Verstärkungen vermehrt worden
waren, ein Total von 250,000 Mann dar.
Man würgte sich stundenlange ohne irgend ein
bestimmtes Resultat und alles Blut der sieben
Tage ergab sich als verlornes Blut. Kurz nachher werden 10,000 Soldaten des Nordens in
Harpers = Ferry zu Gefangenen gemacht und eine
der südlichen Armeen marschiert gen Washington.
Aber Mac Clellan, in aller Eile zu Hilfe her-
beigeeilt, hält sie auf und man beschließt eine
Expedition gegen Richmond, die Hauptstadt des
südlichen Bundes.

Um nach Richmond zu gelangen, mußte
Fridericksburg genommen werden. Man greift
an, verliert 12,000 Mann und Fridericksburg
wird nicht genommen. Vor Wicksburg weiterer
Verlust. In Murfreesburo in Tenessee schlagen
sich 50,000 gegen 50,000 zwei Tage lang. Der
Sieg bleibt anfänglich den Südlichen, geht dann
auf Seite der Nördlichen über, aber um den

Preis großer Verluste und ohne besonderes Re=
sultat.

Erinnern wir uns noch einmal, daß wir
uns nur an die eigentlichen Schlachten halten
und daß unser Bericht von ferne keine Idee geben
kann von der Ausdehnung der Manöver, von
den blutigen Treffen, die auf dem ungeheuren
Schlachtfeld vor sich gingen.

Man stand im Anfang des Jahres 1863.
Auf beiden Seiten war nicht ein Armee = Corps,
nicht ein Regiment, das nicht von Grund aus
einer Reorganisation bedurft hätte. Man ver=
wendete hiezu ungefähr drei Monate; dann be=
ginnt Alles von Neuem.

Den 3., 4. Mai findet eine Doppelschlacht
statt. Die Föderirten, zweimal geschlagen, ver=
lieren mehr als 20,000 Mann und Lee, der
General des Südens, marschiert noch einmal
gegen Washington.

Den 2. Juli entfaltet sich die Schlacht zu
Gettisburg, welche das Schicksal der Hauptstadt
entscheiden wird. Die Föderirten unterliegen zu=
erst. Sie fallen zu Tausenten; noch ein Augen=
blick und die Niederlage ist vollständig. Die
Artillerie rettet sie. Ein schreckliches Feuer hält

ben Feind auf. Er will sich der Batterieen be=
mächtigen und verliert beim Angriff seine besten
Truppen. Er geht über den Potomac zurück
und die Hauptstadt ist zum zweiten Mal gerettet.

V.

Und des folgenden Tages spazierte in trau=
riger und tiefer Sammlung ein Mann auf biesen
leichnambesäeten Feldern und auf biesem zu einem
großen Gottesacker gemachten Schlachtfelde, von
welchem die Bundesartillerie die Armee des
Südens versprengt hatte. Und oft genug war
ber Mann in seiner Sammlung gestört durch
ben Anblick, der sich ihm zu seinen Füßen bar=
bot. Die Armeeen hatten ihn schon mehr als
einmal gesehen, seltener nach den Siegen, wie
wenn er befürchtet hätte, es möchte den Anschein
gewinnen, als suche er einen Theil des Ruhmes
für sich — öfterer nach den Niederlagen als Tröster
und Freund, der die Demüthigung theilte und
ben Muth erfrischte. Da die südliche Armee
sich auf der Flucht befand, so hatte er bießmal
keine Besiegten zu ermuthigen. Der Sieg hatte
Washington gerettet, hatte aber noch mehr als
manche andere gekostet, — und er kam, den Leben=

ben zu banken und den Verstorbenen die letzte
Ehre zu erweisen. Diese befahl er alle an Einem
Ruheplatz zu beerdigen, den er bezeichnete und
der ein Siegesmonument zugleich und ein Andenk=
ken an die Erkenntlichkeit des Landes bleiben
sollte. Bald nachher kehrte er zurück, von einer
großen militärischen Menge umgeben um die
Weiherede zu halten. „Sieben und achtzig Jahre
sind vergangen" begann er, „daß eure Väter
auf diesem Kontinent eine neue Nation gegrün=
det haben und da sehen wir nun diese Nation
in einen Krieg verwickelt, der in seinem Verlauf
zeigen wird, ob sie mit den Grundsätzen, die
ihre Geburt herbeiführten, zu langem Leben oder
zum Untergang bestimmt war. Heute auf einem
Schlachtfelde dieses schrecklichen Krieges vereinigt,
kommen wir, einen Theil desselben als letztes
Asyl derer zu weihen, die hier ihr Leben opferten,
damit die Nation am Leben bleibe. Was wir
hier thun, ist gut und wohlgethan. Aber im
weitern Sinne können wir diesen Boden weder
weihen noch heiligen. Sie haben ihn bereits
geweiht, die Tapfern, die Lebenden und Todten,
die hie gestritten haben und es steht nicht in
unsrer Macht, diese Weihe zu vermehren oder

zu vermindern. Vielmehr ist es an uns, den
Lebenden, hier eine Weihe zu empfangen —
Weihe zu dem Werk, das ihnen zu vollenden
nicht gegeben war, das sie aber so edel gefördert
haben — Weihe zu der Aufgabe, die noch vor
uns liegt. Diese verehrten Todten mögen unsre
Hingebung mehren für die Sache, der sie dienten mit einer Hingebung ohne Maß und Ziel.
Sagen wir es uns im Grund unserer Herzen,
daß unsere Todten nicht vergeblich gestorben sein
werden und daß die Nation unter dem Aufblick
zu Gott als freie Nation wieder erstehen und
ihre neue Geburt haben, und daß die Regierung
des Volkes, durch das Volk und für das Volk
von der Erde nie verschwinden wird.„

So sprach an jenem Tage der Bürger.
Man ist glücklich hinzusetzen zu können, was
der Christ auf diesem nämlichen Schlachtfelde
gefühlt hat.

Niemals noch hatten wie es scheint, die
großen Gedanken des Todes und der Ewigkeit
so ernstlich seine Seele berührt; niemals noch
hatte er so lebendig das Bedürfniß empfunden
sich Gott, dem Herrn über Leben und Tod an-
zuvertrauen und für das Heil seiner Seele nach

einem Heiland voll Liebe zu verlangen. Das
hat er auch in einer oft angeführten Unterredung
ausgesprochen als er Jemandem auf die Frage,
ob er ein wahrhaftiger Christ zu sein glaube,
antwortete: er sei es erst seit seinem Besuch zu
Gettysburg. Er war es, wie wir wohl wissen,
von Kindheit, von der Zeit an, als er mit seiner
Mutter die Bibel las; aber gerade darum, weil er
es war und seit lange, wünschte er immer besser zu
werden und gerade darum konnte er bei jedem neuen
Schritt und nach Selbstprüfung seines vergangenen
Lebens sagen: „Ich war bis dahin noch kein Christ."
Viele Leute werden das nicht so leicht verstehen;
ihnen ist das Uebertreibung, wo nicht Heuchelei.
Sie verstehen ihn aber doch in andern Dingen.
Ein großer Künstler, ein großer Poet hat Euch
soeben einige Früchte seiner Arbeit gezeigt, leben=
diger, tiefer, als Ihr bis dahin sie kanntet und
Ihr sagt: Ich wußte noch nicht was Poesie,
was Malerei, was Musik ist! Ihr wußtet es
sehr gut und schon lange; nur wißt Ihr es jetzt
besser. Warum sollte es sich mit den Freuden
der Frömmigkeit nicht verhalten dürfen, wie mit
den Freuden der Kunst? Warum sollte der
Christ nicht auch mit aller Wahrheit nach eini=

gem Fortschritt im Guten, den er gemacht und
welchen er erkennt, sagen dürfen: Ich wußte
bis jetzt noch nicht, was es um den Glauben ist?

Sei dem, wie ihm wolle, so viel ist klar,
daß wir uns das Urtheil des Herrn von Monta=
lambert nicht aneignen können, der nach einigen
tief religiösen Citaten von Lincoln zu bedeuten
gibt, daß dieses immer noch ein sehr oberfläch=
liches Christenthum bekunde. Er fügt freilich
bei, daß dieß noch sehr schön sei und daß man
wünschen möchte, die Staatsmänner der alten
Welt ebenso religiös von einem Gott und von
einer Vorsehung reden zu hören; aber der Vor=
wurf wird nichtsdestoweniger aufrecht erhalten.
Aber wie zerrinnt dieser Vorwurf vor dem, was
wir überhaupt von dem Christenthum Lincolns
wissen! In einem Lande ohne Staatsreligion
dürfen offizielle Mittheilungen nie zu sehr das
Gepräge oder Dogma einer Religion oder Kirche
an sich tragen; wenn wir aber noch weniger
wußten, was Lincoln als Gläubiger war, so
stünde uns immer noch die Frage offen, ob je=
mals ein Mann mit oberflächlicher Gesinnung,
ein Christ im flottanten und mißbräuchlichen

Sinne des Worts in amtlicher Beziehung sich so
mit Wärme und Leben religiös gezeigt habe.

Wir erlauben uns übrigens diese Bemerkung
nicht nur zu Gunsten des Präsidenten allein.
Niemand zweifelt daran, daß in den Vereinigten
Staaten viele Ungläubige wohnen; ebenso gewiß
ist, daß dieselben viele christlich unentschiedene
Leute bergen, die mehr Religiösität haben als
Religion; aber eins ist auch ferner unwiderleg=
lich gewiß, das nämlich, daß es kein Volk gibt,
bei welchem im Ganzen das Christenthum ein
so positives Element des religiösen, intellektuellen,
politischen, gesellschaftlichen und moralischen Lebens
ist. Das hat auch Herr von Montalambert
umunwunden anerkannt und schon vor ihm hat
Herr von Tocqueville gesagt: „Dieß ist der
Ort der Welt, wo die christliche Religion die
meiste Macht über die Seelen bewahrt hat.“

VI.

Aus diesem Gemisch von Bürger und Chri=
sten, von längst vollkommenem Bürger und stets
fortschreitendem Christen, wie er sein soll, erwuchs
denn ein Mann wie Lincoln, der stets auf der

Höhe seiner Aufgabe stand, der stets fordern
durfte, daß Niemand verzweifelte oder ermattete.
Die Siege — wir haben es gesehen und wieder
gesehen — waren oft theuer erkauft und oft fast
unnütz; die Niederlagen waren mehr als einmal
schrecklich. Der Norden war ohne Zweifel reich
an muthigen, zuversichtlichen Männern und es
hieße ihn beschimpfen, wenn wir nur vermuthen
wollten, daß er ohne Lincoln sich schnell hätte
entmuthigen lassen; aber demungeachtet ist es
Lincoln, der stets mehr als der unverbrüchliche,
öffentliche Wille aller erschien und erscheinen wird,
der nicht allein das Zutrauen vorschrieb, sondern
es so zu sagen nicht einmal vorzuschreiben und nur
das gute Beispiel zu geben brauchte. Es war
nicht der mit Ruhm bedeckte Krieger, der Euch
mit sich zieht, indem er vorwärts schreitet; es
war nicht der Monarch, der einen alten Thron
zu vertheidigen oder einen neuen zu befestigen
sucht, ebensowenig — obwohl er in einzelnen
Fällen Macht dazu gehabt hätte — der mächtige
Diktator, der mit eiserner Hand seine Mitbürger
in den Kampf treibt. Es war der Mann der
Pflicht, der ganz einfache, rechtschaffene Mann,
ohne anderes Privelegium in gewisser Beziehung,

als daß er hoch genug gestellt war, um von Allen
gehört oder gesehen zu werden.

Und was wir hier erzählt haben, ist nicht
nur Ideal. Alle konnten sich überzeugen, was
der Präsident war. Eines Tages naht sich ihm
in einer jener vertraulichen Audienzen, die auch
inmitten der schwersten Staatssorgen nicht unter=
brochen wurden — eine Frau, als die Reihe
an sie kam. Lassen wir einen Zeugen erzählen:
„Sie war sehr bewegt und hatte Mühe zu er=
klären, daß ihr Mann ein Soldat der reguli=
airen Armee sei und daß er schon sehr lange
gedient habe und nun um die Autorisation bitte,
sein Regiment zu verlassen und seiner Familie
zu Hülfe zu eilen. Sie wurde mit jedem Augen=
blick verlegener." „Lassen Sie mich Ihnen hel=
fen" sagte Lincoln gütig und begann in der Art
und mit der Klarheit eines Advokaten Fragen
an sie zu richten. Auf dem erleuchteten Viereck
des Fensters, das von der Sonne beschienen
war, löste sich sein Profil in schwarz; seine
rechte Hand, die er oft durch die Haare gleiten
ließ, hatte dieselben zu Büscheln gesträubt. Wäh=
rend er sprach, drückten alle seine mehr oder
weniger in Bewegung gesetzten Muskeln seinem

Kopf winklige und oft ein wenig lächerliche Um=
risse auf, aber seine Stimme war väterlich mild
und weich. Nachdem er die arme Frau ausgefragt
hatte, sagte er: „Ich kann Euch nicht selbst
gewähren, was Ihr verlangt. Ich habe zwar
das Recht, alle Armeen der Union aufzulösen",
fügte er mit eigenthümlichem Lachen hinzu: „aber
nicht einen Soldaten kann ich verabschieden.
Das kann nur der Oberst. Die Frau fing an
über ihre Armuth zu klagen. „Nie habe ich
so viel gelitten!" sagte sie. „Meine gute Frau,"
antwortete er und seine Stimme wandelte sich
plötzlich in einen langsamen, feierlichen Ton;
ich nehme Theil an Ihrem Schicksal; aber be=
denken Sie, daß wir Alle, wie wir sind, nie
soviel gelitten haben, wie heutzutage. Da haben
wir Alle unsere Last zu tragen. Er neigte sich
gegen die Frau und einige Augenblicke vernahm
man nur das Gemurmel zweier Stimmen. Ich
sah Hrn. Lincoln einige Worte auf ein Papier
schreiben; dieß übergab er der Bewerberin und
verabschiedete sie unter allen Formen der gewissen=
haftesten Höflichkeit. Den Augenblick darauf
trat ein junger Mann vor, welcher dem Präsi=
denten die Hand anbot und mit erregter Stimme

sprach: „Ich bin nur gekommen, um Abraham
Lincoln die Hand zu drücken." „Sehr verbun=
den!" erwiderte der Präsident und reichte ihm
seine große Hand, „dieß ist der Geschäftstag."
Revue des deux Mondes Mai 1865.

Wie viele Leute haben sie gedrückt, diese
Hand und sind heute stolzer darauf, als sie es
im Augenblick selbst sein konnten. Es war der
Brauch an den Empfangstagen, daß der Präsi=
dent Jedem die Hand reicht und da Jedermann
freien Zutritt hatte, so währte dieß oft ziemlich
lange. Eines Tages hatte er fast seit zwei
Stunden nichts Anderes gethan. Er war schreck=
lich müde und ob er sich auch Gewalt anthat, er
ließ es endlich merken. Allein plötzlich ermannt er
sich wieder. Er hatte soeben im Hintergrund des
Saales etwas gesehen, was man sicher zuvor im
Weißen=Haus nie gesehen hat, was Viele, viel=
leicht sogar die eifrigsten Abolitionisten skanda=
lös finden werden — einige Neger.

Die armen Leute haben gewartet auf der
Straße, bis die letzten Besucher eingetreten waren,
und dann, indem sie sich den allerletzten anschlos=
sen, haben sie abermals zitternd gewartet auf
den Augenblick, in welchem sie sich vor dem

Präsidenten befinden sollten. Aber beim Anblick dieses erschöpften Mannes, der sich ermannt, um auch sie. als Brüder zu empfangen und ihnen so gut wie andern, ja noch herzlicher die Hand zu drücken — werden sie noch viel bewegter als während der langen Wartezeit. Sie weinen und lachen durcheinander und wissen nichts als in ihrem schlechten Englisch zu wiederholen: „God bress massa Linkum! Gott segne Meister Lincoln!"

Einzelnheiten, wie wir sie soeben erzählten, sagen hinlänglich, was er in den engern Beziehungen der Freundschaft und Gesellschaft war. Er war einer der Männer, die man jederzeit, an der Arbeit, bei Tische, am Kamine, einzeln oder in der Familie überraschen darf, ohne etwas zu sehen oder zu hören, das nicht dem Herzen wohlthut. In größter Traurigkeit war er nie schlechter Laune, und bei guter Laune, die er leicht wieder gewann, war er natürlich und ohne Zwang. Ein gutes Mittagessen ließ er sich gefallen und ein schlechtes erzürnte ihn nicht. Uebrigens trank er keinen Wein, worin er vielleicht etwas zu weit ging; auch rauchte er niemals Taback und wir denken wie er, daß

es dem menschlichen Geschlechte weder einen physi=
schen noch einen moralischen Gewinn brachte, als
es sich in den orientalischen Rauch hüllte, ohne
die Milliarden zu zählen, die er koſtet.

VI.

Juli 1863 — Mai 1864.

~~~~~~

I. Fortschritte der Sklavenfrage. — Neue Schwierigkeiten beim Beginn des Krieges. — Gesetz vom 10. April 1862 (Entschädigung für die Sklavenbesitzer) Unterhandlungen mit den in der Union verbliebenen Sklavenstaaten. — Das Gesetz der Ereignisse. — Proklamation vom 22. September 1862. — Zukünftige Konsequenzen. — Unmittelbare Konsequenzen. — Momentane Verlegenheit. Wer trägt die Schuld? —

II. Die letzten Monate von 1863. — Ein Bet-, Buß- und Danktag. — Proklamation des Präsidenten. — Seine jährliche Botschaft. — Die Schwierigkeiten haben sich vermindert. —

III. Große Vorbereitungen sind noch erforderlich. — Sorgen, Betrübnisse. — Die Lasten der Präsidentschaft. — Die Unruhen eines Kriegslagers. — Weder Muße noch Vergnügungen. — Die Bibel und Shakespeare. — Lincoln im Theater. — König Lear und ein anderer Vater. —

IV. Lincoln und seine Minister. — Menschenkenntniß. — Unbestrittene Autorität. — Lincoln stets zur Verantwortung bereit. — Ein Meisterstück der Polemik. — Die guten Neger, die schlechten Weißen. — Grant zum Kommando berufen. —

I.

Wir sind hinsichtlich der Sklavenfrage in den
ersten Anfängen des Krieges geblieben. Welche
Fortschritte hatte inzwischen diese Frage gemacht?

Wir sahen Lincoln überzeugt, daß die Kon=
stitution zur Abschaffung der Sklaverei kein Recht
gebe; wir sahen ihn aber auch entschlossen, Alles
zu thun, was ihm die Ereignisse erlauben oder
gebieten würden. Nun die Ereignisse gehen oft
schneller vor sich als man will; kaum hatte der
Krieg begonnen, als sich die Feldlager der nörd=
lichen Armee'n mit flüchtigen Sklaven füllten.
Was sollte man mit ihnen anfangen? Sie als
Sklaven behalten oder ihren Besitzern wieder zu=
stellen — hieß die Sklaverei gutheißen; sie frei
erklären — das hieß die Sklaverei abschaffen;
aber auf rohe Weise und zu früh. Lincoln schlug

einen Mittelweg ein. Man sollte von den flüch=
tigen Sklaven Notiz nehmen und ohne sie augen=
blicklich frei zu sprechen, sollte man am Schluß
des Krieges die loyalen, d. h. die der Union
treugebliebenen Besitzer entschädigen. Der General
Fremont, welcher in Missouri den Oberbefehl
hatte, glaubte sich durch diese Maßregel ermäch=
tigt, alle aus den abtrünnigen Sklavenstaaten
entsprungenen Neger frei zu sprechen. Der Präsi=
dent widerrief diesen Befehl, indem er erklärte,
daß er selbst beim gegenwärtigen Stand der
Dinge nicht das Recht hätte, ein derartiges Ver=
fahren einzuschlagen.

Am 6. März 1862 — ein Jahr nach sei=
ner Einsetzung und drei Tage vor dem berühm=
ten Kampf der beiden Panzerschiffe, schlug er
die erste Maßregel vor, die geradezu die Ab=
schaffung der Sklaverei anbahnte und die ander=
seits doch noch die Souveränität der Staaten
in dieser Frage duldete und achtete. — Diese
Maßregel bestand darin, allen Sklavenstaaten,
die sich in diesem Sinne entscheiden würden —
die pekuniaire Mithülfe der Union anzubieten,
um — wie die Botschaft sich ausdrückt — die
besondern oder allgemeinen durch den gefaßten

Entscheid veranlaßten Verluste auszugleichen.
Und um weiterhin ihre Empfindlichkeit zu scho=
nen, will er, daß die Union sich nicht in die
Einzelnheiten mische und daß jeder Staat nach
seinem Ermessen über die ihm gewährten Steuern
verfüge. — Der Kongreß pflichtete diesen An=
schauungen bei und am 10. April machte Lincoln
dieses Gesetz bekannt.

Kaum konnte er sich geschmeichelt haben,
daß irgend eine der im Aufruhr begriffenen
Regierungen derartige Anerbieten annehme; er
hatte aber namentlich die der Union treugeblie=
benen Sklavenstaaten im Auge (Maryland, Ken=
tucky 2c.). Er vereinigte daher am 12. Juni die
Repräsentanten dieser Staaten und bemühte sich
ihnen begreiflich zu machen, wie vortheilhaft es
zunächst für ihre Staaten, dann aber auch für
die ganze Union wäre, wenn diese Maßregel
bei ihnen in Anwendung käme und wenn damit
die Aussichten auf einen allgemeinen und fried=
lichen Entscheid eröffnet würden. Zu seiner
Betrübniß fand er Leute, welche ihre Anhänglich=
keit an die Union nicht von ihren sklavenfeind=
lichen Vorurtheilen zu befreien vermochte; welche
vielmehr geneigt schienen, gerade um ihrer Treue

willen zu forbern, daß man sie in dieser Be=
ziehung in Ruhe lasse. Wie wenn es jetzt von
Lincoln oder von irgend Jemandem abhängig
gewesen wäre, der Frage Halt zu gebieten!
Einige Repräsentanten rissen sich trotzdem los
von den Anschauungen ihrer Kollegen und —
indem sie die Ermahnungen des Präsidenten
unterstützten, bewiesen sie ihm, daß seine Gedanken
auch in diesen noch so zurückgebliebenen und ver=
blendeten Staaten nicht ohne Theilnehmer waren.

In seiner Botschaft an den Kongreß hatte
er wie immer den Gedanken einer plötzlichen
und revolutionairen Sklaven = Emanzipation zu=
rückgewiesen; er wollte sie allmälig und zwar
in einer Weise, welche die Neger, bevor man aus
ihnen freie Männer machte — befähigte — die
Freiheit zu verstehen und zu brauchen. Er wollte
selbst zu diesem Behuf bis anno 1900 warten.
Aber er verhehlte sich nicht, daß das Gesetz der
Ereignisse einen andern Gang veranlassen und
eine plötzliche Lösung herbeiführen konnte.

Und das Gesetz der Ereignisse wurde je län=
ger, je klarer und je länger, je bringender.
Der Sommer von 1862 hatte den vollständigen
Ruin des so geschickt aufgegriffenen und so kühn

verfolgten Planes gesehen — Richmond einzu-
engen und so die Revolution in ihrem Mittel-
punkt zu ersticken. Noch nie war dem Norden
eine so völlige Demüthigung, dem Süden ein
so völliger Triumph nahe bevor gestanden.

Da war es, als der Präsident, der durch
eine äußerste Nothwendigkeit seine konstitutionel-
len Rechte als erweitert betrachtete, sich zu einem
entscheidenden Schritt entschloß.

Ein vom 22. September datirte Proklamation erklärt sämmtliche Sklaven derjenigen Staaten, die sich am 1. Januar 1863 noch im
Kriege mit der Union befinden, von diesem Zeit-
punkt an frei. Hundert Tage haben sie, um
sich zu entscheiden. Diejenigen, welche die Waffen niederlegen werden, können die allmählige
Emanzipation der plötzlichen vorziehen und an
den versprochenen Entschädigungen Theil haben.

Dieß war — und Niemand täuschte sich
darüber — die Abolition. Entweder nahmen
die aufrührerischen Staaten diesen Vergleich an
und die Sklaverei fiel in diesem Fall nothwen-
digerweise auch in den treugebliebenen Staaten;
oder, was noch viel wahrscheinlicher war, die
betreffenden Staaten verwarfen den Vergleich

und der 1. Januar 1863, der bei ihnen die Abschaffung der Sklaverei herbeiführte — führte sie überall herbei oder bereitete sie wenigstens vor.

Die Wuth des Südens stieg auf's Höchste und einen Augenblick schienen die Recht zu haben, welche behauptet hatten, daß diese Maßregel den Krieg — anstatt ihn zu beenden — nur heftiger machen werde. Lincoln hatte sich dieß auch nicht verhehlt; allein er sah weiter und höher. Der Gegner mochte in seiner Wuth momentan neue Kräfte finden — das war möglich, aber der Preis des Kampfes war zum Voraus seinen Händen entwunden und ein Kampf ohne Gegenstand neigt sich immer seinem Ende zu. Ohne Gegenstand — sagen wir. Sie konnten lange in den aufrührerischen Staaten die Autorität des Präsidenten für null und nichtig erklären; alle begriffen, daß sie über diesen Punkt vollständig existirte und wenn es einige probirten, den Akt vom 22. September als nicht geschehen zu erklären, so fühlten sie nichts bestoweniger, daß es ebensoviel genützt hätte, gegen die Fluthen des Ozeans oder gegen die Ueberschwemmungen des Mississippi in der Regenzeit zu protestiren.

Aber, wir haben es schon angedeutet —
was in einem andern Munde vielleicht für diese
unglücklichen, zwischen Freiheit und Sklaverei
Hin= und Hergeworfenen das Signal zu furcht=
baren Empörungen gewesen wäre, flößt ihnen
hier nur Hoffnung und Zutrauen ein. Wenn
heutzutage der Horizont düsterer ist, wenn die
Mißlichkeiten einer plötzlichen Befreiung sich in
den meisten Staaten fühlbar machen, so haben
wir darüber nur die Menschen anzuklagen, welche
diese Haft nöthig machten und auch den, dessen
Hand Lincolns Leben durchschnitten hat.

Wer kann daran zweifeln, daß — wenn er
länger gelebt hätte, sein wohlthätiger Einfluß
auch fernerhin spürbar gewesen wäre, und daß
Lincoln nach beendigtem Kriege die Krisis, die
uns gegenwärtig beunruhigt — sei es durch
weise Maßregeln, sei es durch seine moralische
Autorität über die Neger bedeutend gemildert
hätte.

II.

Der Krieg war also noch nicht so nahe bei
seinem Ende und wir haben bereits bis zum 2.
Juli des folgenden Jahres, wo die Schlacht von

Gettysburg für den Norden eine glücklichere Pe=
riode eröffnete, die hauptsächlichsten Ereignisse
erwähnt. Ungeachtet theilweiser Rückschläge und
ungemein schwieriger Erfolge, konnte man doch
sagen, daß das Jahr 1863 für den Norden
günstig ende und zu neuen Hoffnungen berechtige.
Auch gab Lincoln dem allgemeinen Gefühl Aus=
druck, als er auf den 24. November einen all=
gemeinen Dank= Bet= und Bußtag anordnete.
„Das Jahr, an dessen Schluß wir bald stehen
werden" sagt er in seiner Proklamation —
„war an Früchten der Erde, an gesunden und
schönen Tagen reich gesegnet. Mit diesen Wohl=
thaten, deren Quelle wir immer zu vergessen
geneigt sind, gingen andere Wohlthaten Hand
in Hand, die auch das sonst verhärtetste Herz
nicht unberührt lassen, sondern vielmehr zur
Dankbarkeit gegen unsern allmächtigen Gott stim=
men sollten. Inmitten eines Bürgerkrieges, der
an Ausdehnung und Erbitterung noch niemals
seines Gleichen hatte und der uns oft auch An=
griffe anderer Staaten zuzuziehen drohte, ist doch
der Frieden nach Außen gewahrt, die Ordnung
nach Innen nie gestört worden; die Harmonie
hat überall regiert — den Kriegsschauplatz aus=

genommen und dieser Schauplatz ist durch unsere
Armeen und durch unsere Flotten bedeutend be=
schränkt worden. Die Kräfte, welche für die
Vertheidigung des Landes verwendet wurden,
haben weder den Wagen des Landmanns, noch
die Handelsschiffe aufgehalten. Die Hacke des
Pioniers hat auch dieses Jahr unser bewohntes
Land erweitert. Unsere Bevölkerung hat sich un=
geachtet dessen, was die Feldzüge, die Belagerun=
gen, die Schlachten aufgerieben haben, bedeutend
vermehrt und das Land sah im Ganzen seine
Kräfte und seine Energie zunehmen. Kein
menschlicher Rath hat so Großes vermocht, keine
menschliche Hand dieß Alles herbeigeführt. Es
sind dieß die Gaben des Allerhöchsten, unseres
Gottes, welcher zu derselben Zeit, da Er uns
zur Strafe für unsere Sünden mit Angst und
Schrecken erfüllte, auch gedachte an seine Barm=
herzigkeit. Und es schien mir gut, daß das ameri=
kanische Volk einmüthig und feierlich dieß erkannte.
Und indem wir Gott für Seine Gnade danken,
laßt uns nicht vergessen, für alle Sünden der
Nation demüthig Buße zu thun, Seiner Fürsorge
die Waisen und die Wittwen und alle diejenigen
anzuempfehlen, die in Leid und Trübsal sind,

die da seufzen unter dem beklagenswerthen Kriege, in welchen wir verwickelt sind. Mögen Alle inbrünstig Ihn anrufen, daß Er mit Seiner allmächtigen Hand unsere Wunden heile und daß Er uns, sobald es die Absichten Seiner Vor= sehung erlauben, uns den Frieden, die Eintracht, die Harmonie wieder herstelle."

Die jährliche Botschaft, die er wenige Tage nachher dem Kongreß übersandte, entwickelt mit seltener Klarheit der politischen Idee'n, die er in die andere Proklamation nicht nur hatte an= deuten können. Nachdem er nachgewiesen hatte, wie viel besser die gegenwärtige Situation sowohl im Aeußern als im Innern sei als im Dezember 1862; als dazumal, wo auch die wohlgesinntesten Stimmen nur noch klagen konnten, daß die Union vergeblich ihre Kräfte verzehre — sucht er zu beweisen, wie die Schritte, die er zu Abschaffung der Sklaverei thun ließ, zu allen andern Schritten beigetragen, wie sie die Schwie= rigkeiten, die erst zu wachsen schienen, bereits geebnet haben oder doch wenigstens der Anfang dazu gemacht. Man beunruhigte sich über die Lage, die man den Sklavenstaaten, welche die Union nicht verrathen hatten, bereitet hatte —

und siehe da, Maryland und Missouri, früher
so eifrig, vor drei Jahren noch bemüht, die freie
Ausdehnung der Sklaverei in den neuen Terri=
torien herbeizuführen, streiten jetzt nur noch über
die beste Weise, sie selbst bei ihnen zu verbannen.
Man befürchtete Negeraufstände und sie sind
unterblieben. Man sagte, aus den Negern werde
man nie Soldaten machen können — und die
Union hat deren bereits über 50,000 unter den
Waffen, ebenso gute Soldaten als alle andern.
Der Süden ist freilich nicht besiegt; aber die
Zeichen äußerster Ermüdung treten überall an
den Tag. Um diese Ermüdung zu benutzen,
wird der Präsident eine neue Proklamation er=
lassen, die volle Amnestie anbieten soll
Jedem, der sich vom Aufruhr zurück=
zieht, und der Konstitution mit Inbe=
griff der erlassenen oder zu erlassen=
den Gesetze über die Abschaffung der
Sklaverei — Treue schwören wird. Wenn aber
auch Alles besser geht, wollen wir daraus nicht
schließen, daß Alles ganz oder nahezu beendigt
sei. Möge die Armee und die Flotte noch immer
der Gegenstand unserer vollen Sorgfalt sein.

III.

Es stand in der That zu befürchten, daß viele Leute sich nur zu leicht in diesen Gedanken des Vertrauens und der Befriedigung gehen ließen. Ein gewisser und entscheidender Sieg war weder wahrscheinlich noch möglich, wenn der Feldzug nicht mit eben so viel oder ohne noch mehr Soldaten als im Jahr 1863 wieder eröffnet werden konnte. Ungeachtet der Erschöpfung des Südens wies Alles darauf hin, daß das Jahr 1864 noch Zeuge einer jener verzweifelten Anstrengungen werden sollte, welche oft im letzten Augenblick noch denjenigen den Sieg entreißen, welche ihn sicher zu erringen meinen. Von da an hatte der Präsident weniger anstrengende Beschäftigung einerseits — Dank dem guten Stand der Dinge, der guten Organisation der Armee'n, der Geschicklichkeit der Generale — aber anderseits um so mehr Kummer noch fast am Ziele angelangt, unterliegen zu müssen. Wenn er auch an Intelligenz und Energie sich immer gleich blieb, so beugte sich doch sein Körper unter dem Gewicht so mannigfacher Aufregung; das viele vergossene Blut verfolgte ihn überall, nicht als Gewissensbiß, wohl aber als eine beständige und schmerzliche Vision. Man hätte zeitenweise sagen können, daß er den Schmerz aller derer auf seinem Herzen trug, die in den schrecklichen Jahren seiner Präsidentschaft umgekommen waren. Eine fast übermenschliche Traurigkeit lagerte oft auf dieser Stirn, deren Runzeln bereits zu Furchen geworden waren. Ich erinnere mich, als wäre es gestern, einst den Präsidenten bei hereinbrechender Nacht angetroffen zu haben. Er verließ eben das weiße Haus und wollte seiner Gewohnheit zufolge Neuigkeiten auf dem Kriegsministerium einziehen. Niemand begleitete ihn, obwohl man ihn oft gebeten hatte, sich nicht auf diese Weise der Gefahr auszusetzen. In einen schottischen Mantel gehüllt, ging er langsam — in seine Träumereien versunken — einem großen Gespenst ähnlich — seines Weges. Ich war über dem leidenden und nachdenklichen Ausdruck seines Angesichts betroffen. Seit vier Jahren hatte er keine ruhige Stunde gehabt. Sklave des amerikanischen Volkes war er verurtheilt, in Washington zu bleiben, wenn Jedermann sonst dessen Staub und Hitze floh; er gewann höchstens Zeit, etwas das Grüne zu

suchen auf den lachenden Hügeln, wo sich das
Landhaus des Präsidenten befindet. Auf seinen
Promenaden sah er die schönen Gehölze nieder-
gerissen, da sie den Schutzmauern und Schanzen
hatten Platz machen müssen; in geringer Ent-
fernung sah er einen Kirchhof, wo noch 10,000
frische Gräber bezeichnet waren. Und diese Soldaten, die hier in einer Ordnung ruhen, die
nichts mehr stören wird, hatte er noch jung und
kräftig gesehen!

Sein Landhaus war auch vor dem Kriegs-
lärm nicht geschützt; die Reiterei von Breckenridge
wagte sich eines Tages bis an den Fuß der
benachbarten Festungen und von seinem Fenster
aus sah Lincoln die Wohnung eines Freundes
in Flammen aufgehen. Ganz nahe bei seinem
Landgute ist die Wohnung eines südlich Gesinnten,
der beim Ausbruch des Krieges den am andern
Ufer des Potomak befindlichen Rebellen Signale
gab. Man arretirte ihn und Lincoln ließ ihn
wieder in Freiheit setzen. Er lebte so zu sagen
in einem Schlachtfelde. Ueberall rings umher
blaue Kleider, Reitertruppen im gestreckten Ga-
lopp, Feldlazarethe, Krankenwagen, die ganze
Unordnung des Krieges ohne nur einer seiner

großen Bewegungen. Diese unruhige Existenz brachte weder Muße noch Vergnügen. Die einzige Zerstreuung bot ihm das Theater, in welches ihn Madame Lincoln fast wider seinen Willen führte. Er liebte Shakespeare leidenschaftlich. „Es kommt mir sehr wenig darauf an," sagte er eines Tages, „ob Shakespeare gut oder schlecht gespielt wird." Ihm genügte die Idee. *) Lincoln ist nicht der erste, welcher, von der Bibel genährt, den großen, englischen Tragiker liebte, wie man, nachdem man Gott in seinen Werken angebetet hat, auch den Genremaler liebt, der sie auf der Leinwand wiedergibt.

Aber lassen wir dem Schriftsteller, dem wir diese wenigen Einzelnheiten entnehmen, noch einen Augenblick das Wort. „Eines Tages" sagte er „hatte ich die Ehre, von ihm zur Darstellung des „King Lear" eingeladen zu werden. Ich begab mich mit ihm in dasselbe Theater und in die nämliche Loge, wo er später ermordet wurde und ich war, wie man leicht begreifen wird, mehr mit ihm als mit dem Stück beschäftigt. Was

*) Revue des deux mondes.

ihn anbelangt, so horchte er mit großer Aufmerk=
samkeit, obwohl er das Drama auswendig wußte;
er verfolgte dessen einzelne Scenen mit großem
Interesse und sprach nur in den Zwischenakten.
Sein zweiter etwa eilfjähriger Sohn war in
seiner Nähe, er hielt ihn fast die ganze Zeit
gegen ihn gelehnt und drückte hie und da den
lachenden oder verwunderten Kopf des Kindes
an seine breite Brust. Auf seine zahlreichen
Fragen antwortete er mit der größten Geduld.
Die durch den König Lear gemachten Anspie=
lungen auf die Leiden der Elternschaft ließen eine
Wolke über seine Stirne gleiten. Er hatte im
Weißen Haus ein Kind verloren, über dessen
Verlust er sich noch nie recht hatte trösten können.
Da war es also, an derselben Stelle, wo ich
ihn von den Seinigen umgeben sah, wo die
Hand des Todes diesen Mann voll Leutseligkeit
ergriff, der da sanft wie eine Frau und einfach
wie ein Kind war. Da empfing er später den
tödtlichen Schuß und da fiel er, um nicht wieder
aufzustehen, ein edles Opfer der gerechtesten
Sache.

IV.

Lincoln mußte also, wie wir bereits er=
wähnten, seine Thätigkeit verdoppeln, damit keinerlei Erschlaffung und Vernachläſſigung den
Erfolg des vierten Feldzuges hemme. Hier wäre
es vielleicht am Platz, der unermüdlichen Hin=
gebung, die er jederzeit bei seinen Ministern
fand, die verdiente Anerkennung zu zollen; allein
die Minister sind stets bis zu einem gewiſſen
Grad, was der aus ihnen macht, der sie ver=
wendet. Bevor man sie verwendet, handelt es
sich ohnehin darum, sie zu wählen. Das ist
schon eine große Aufgabe! Lincoln hatte die
Kunst, faſt möchten wir sagen, den Inſtinkt
gut zu wählen; denn die Menschenkenntniß iſt
eher ein Inſtinkt als eine Kunst und Lincoln
besaß ihn im höchſten Grad. Dieses treuherzige
Auge, in welchem Jedermann auf den erſten
Augenblick die Seele lesen konnte, las auf den
erſten Augenblick im Grund der Herzen. Selten
täuschte er sich daher in der Wahl seiner Männer
und nach getroffener Wahl hatte er zwei Mittel,
um seine Minister auf die Höhe ihrer Aufgabe
zu stellen und sie da zu erhalten. Einerseits gab
er ihnen das Vorbild der Arbeitsamkeit und

der Hingebung; andrerseits ließ er jedem eine große Autorität auf seinem Gebiet. Dieß kann freilich nur einem Manne geziemen, welcher bem= ungeachtet sicher ist, der Herr zu bleiben. Er hatte diese Zuversicht und zwar auf die beste Weise; er brauchte sie nämlich nicht einmal merken zu lassen. Man fühlte sie nur um so besser. Auch war es wirklich wunderbar, mit welcher Leichtigkeit er, der so einfache und sanfte Mann sich bewegte, nicht nur unter diesen mäch= tigen Ministern, sondern auch unter allen diesen oft siegreichen Generalen. Ohne Desspotismus, ohne geschraubte Haltung behielt er sie unter dem vollen Eindruck seiner Macht, seiner Sou= verainität, zu erheben und seiner Souveränität zu erniebrigen, nicht nach seiner Laune, wohl aber je nachdem es das öffentliche Wohl zu er= fordern schien.

Vor dem Volk verantwortlich, hielt er es nie unter seiner Würde, seine Anschauungen zu erklären und auseinander zu setzen. So fanden es z. B. zu dem Zeitraum, von welchem wir soeben sprechen, sonst sehr gut disponirte Leute öffentlich hart und fast etwas bemüthigend, daß sich so viele Weiße für die Neger schlagen sollten.

Sie beriefen eine Versammlung nach Springfield und Lincoln wurde ersucht, sich ebenfalls dahin zu begeben. Er entschuldigte sich, schrieb ihnen aber einen Brief, den wir als ein wahres Meister=stück wirksamer Polemik, christlicher Darstellung und geistreicher Beweisführung in einfachster Form betrachten dürfen. „Ihr behauptet“ sagt er ihnen am Schluß, „daß ihr Euch nicht für Neger schlagen wollt. Ich aber kenne Neger, die da bereit sind sich für Euch zu schlagen. Aber lassen wir dieß. Ihr wollt Euch nicht für die Neger schlagen? Wohlan, so kämpft nur zur Rettung der Union. Wenn ihr jeden Wider=stand gegen die Union überwunden habt, und ich bitte Euch dann noch zu kämpfen, so könnt ihr mir darauf antworten. Ihr findet es un=passend, daß ich unsern Armee’n Neger eingereiht habe. Mir schien es, daß dadurch gerade soviel Soldaten den Weißen erspart seien. Seid Ihr nicht auch dieser Meinung? Indeß haben sich unsere Geschäfte verbessert. Der Vater der Wasser vermag freie Flotten in den Ozean zu senden, Dank hiefür den Männern des Nordwestens. Aber sie haben doch nicht Alles gemacht. Es gibt noch andere Schlachtfelder und auf diesen

Schlachtfeldern haben die breiten Füße des Onkel
Sam, des Negers, ihre Spuren hinterlassen.
Dank daher Allen, für die große Republik, für
das Prinzip, durch welches sie lebt und das sie
lebend erhält, für die große Zukunft der Mensch=
heit — Dank Allen! Der Friede scheint nicht
mehr so fern. Bald werden wir uns seiner
freuen dürfen und er wird auf eine Weise her=
gestellt werden, die uns seine Aufrechterhaltung
verbürgt. Dann wird es einige Neger geben,
die mit Recht sich erinnern dürfen, daß sie mit
ihren geschlossenen Zähnen, mit ihren festen
Augen und mit ihren sichern Bajonetten der
Menschheit in diesem großen Werk geholfen haben
und es wird — ich befürchte es — einige Weiße
geben, die es nicht werden vergessen können, daß
sie mit ihren bösen Herzen und trügerischen
Zungen alles gethan haben, um es zu verhindern."

Ungeachtet dieser Herzen und ungeachtet dieser
Zungen nahmen die Vorbereitungen ihren Gang
und Lincoln berief den Mann zum General=
Kommandanten, welchem man die wichtigsten
Erfolge des vorhergehenden Feldzuges verdankte —
Ulysses Grant.

V.

Könnten wir aber nicht wenigstens einige Zeilen auch den Vorbereitungen widmen, welche die Liebesthätigkeit insgeheim machte, um so vielen Tausenden von Menschen ihre Ermüdung und ihre Leiden zu versüßen? Eine neulich in Europa über diesen Gegenstand veröffentlichte Schrift ist betitelt: Das Werk eines großen Volkes. Das ist gut gesagt. Wenn das militärische und politische Werk das eines großen Volkes gewesen ist, so das Werk der Liebe gewiß nicht weniger.

Es war im April 1861, unmittelbar nachdem man die ersten 75,000 Mann unter die Waffen gerufen hatte, als sich in New-York ein Komite bildete, um sich mit allem zu beschäftigen, was die Verwundeten, die Kranken, auch die Todten und ihre Familien anbetraf. Vier Abgeordnete, welche sogleich nach Washington gesandt wurden, um sich mit dem Kriegsminister zu verständigen, wurden mit einigem Erstaunen empfangen. Hatten sie denn zweifeln können, daß die Regierung nicht alles Nöthige thun würde? So dachte der Minister — so dachte — wir dürfen

es nicht verhehlen — auch der Präsident selbst
und seinem spöttelnden Munde entgleitete das
Wort: Fünftes Rad. Nicht nur war er
überzeugt, daß die Regierung genügen könnte,
sondern er hatte auch in diesem Augenblick keine
Idee von der Ausdehnung, die der Krieg nehmen
sollte und vier oder fünftausend Verwundete hätten
ihm eine ungeheure Zahl geschienen. Die Ereignisse sollten ihn eines Andern belehren und wir
haben kaum nöthig hinzuzufügen, wie später das
Werk seine Sympathie und seine Unterstützung
fand.

Es erforderte einen Band, um dessen Fortschritte zu schildern und selbst da käme man noch
in Verlegenheit; denn man müßte bedauern, nicht
aufs Mal sagen zu können, was an verschiedenen
Orten zu gleicher Zeit geschah, Komite's wurden
überall gebildet (mehr als 30,000), ungeheure
Summen, gesammelt, *) eine ganze Armee
von Agenten angestellt, deren wenigste be-
soldet waren, enorme und stets erneuerte Zusen-
dungen von Kleidern und Nahrungsmitteln, fünf

---

*) Ein Verkauf: Cincinnati trug 1,400,000 Fr., einer in
Brooklin 2 Millionen, einer in Philadelphia 6 Millionen und
einer in New-York 7 Millionen ein.

und zwanzig Schiffe, die als Transportschiffe oder
Hospitäler die Flüsse passirten, 220 Hospitäler
am Platz mit 134,000 Betten, das ist gethan
worden und ist ja eine prächtige Ermuthigung
für den großmüthigen Gedanken, der sich nach
dem italienischen Feldzug Bahn brach und der
durch den Vertrag von Genf 1864 in's öffent=
liche, europäische Recht aufgenommen wurde.
In Amerika existirte kein Vertrag außer dem
besten und kürzesten von allen! **Alles was
Ihr wollt, daß euch die Leute thun sol=
len, das thut auch ihnen.** Die Liebesthätig=
keit des Nordens fragte nicht darnach, ob auch
die Liebesthätigkeit des Südens mit ihr in Ein=
klang stehen werde. Nach der Schlacht bei Gettys=
burg nahmen die Hospitäler der Bundesarmee
7000 Verwundete der andern Armee auf. Ach,
jedes Verdienst hat seine Schattenseiten oder kann
sie haben. Wenn der Vertrag von Genf zu keinem
Ziele führte, als denen, welche die Kriege herbeifüh=
ren, noch einen Gewissensscrupel zu beseitigen, so
hätte die Liebe erst wieder unter ihrer neuen Auf=
gabe zu seufzen. Aber sie rechnet nicht, die Liebe
und das ist ihr Ruhm. Sie geht dahin, wo man

leibet und hält sich bereit, dahin zu gehen, wo
man leiden wird.

Sie wird nun jenseits des Ozeans ein Beispiel gehabt haben, das ebenso bemerkenswerth
ist als Aufschwung im Allgemeinen, wie im
Einzelnen. Müssen wir wohl hinzufügen, daß bei
dieser ungeheuren Entwicklung der materiellen Fürsorge auch die geistlichen Sorgen nicht vergessen
wurden? Nicht vergessen! Damit wäre eigentlich die eben so außerordentliche Entwicklung, welche
die christliche Liebe dieser Seite ihre Aufgabe zu
geben mußte, sehr schlecht bezeichnet. Diese beiden
Theile waren übrigens fast immer vereinigt, bald
in den Einzelnheiten, bald im Ganzen; im Einzelnen: denn diese Armee freiwilliger Kranken-
wärter war aus fast lauter frommen Männern und
frommen Frauen zusammengesetzt; im Ganzen:
denn es wäre unmöglich, einen Augenblick zu nennen, wo nicht der christliche Gedanke den patrioti-
schen und irdisch liebenswürdigen geleitet, belebt und
beherrscht hätte. Aus allen Theilen des Landes
zeigte und bewahrte sich eine heiße, unermüdliche
Theilnahme bis ans Ende für diese Million
Seelen, deren mehrere Tausende jeden Tag, jede
Stunde vor Gott gerufen werden konnten; was

aber noch schöner gewesen ist, das ist der Em=
pfang, den die Boten des Evangeliums, die kirch=
lichen wie die Laien, bei dieser Million Seelen
fanden. Und hatte nicht die Armee selbst deren
Viele in ihren Reihen! Wie viele Soldaten,
die da freimüthige Christen waren uud sei es ver=
einzelt, sei es in Gemeinschaft mit andern, ihre
Kameraden zu evangelisiren suchten! Wie viele
Offiziere, die mit der Autorität einer höhern
Stellung das nämliche Werk förderten! Wie
viele Hauptleute, welche den Gebetsversammlungen
vorstanden, unter ihren Soldaten Sonntagsschulen
errichteten und selbst mit ihren Offizieren dieselben
leiteten! Wie viele Generale, welche die Evan=
gelisation ermuthigten, veranlaßten und durch
das Beispiel einer lebendigen Frömmigkeit zuerst
daran arbeiteten. Man wußte, daß Mac Clellan,
als er eben abreiste, um sich an die Spitze der
Armee zu stellen, mit einem Pfarrer, seinem
Freunde, auf den Knieen hatte beten wollen
und daß er sich mit den Worten erhoben hatte:
„Ich hatte mich dem Lande gegeben; soeben habe
ich mich auch Gott übergeben." Sich Gott über=
geben, das ist's eben, worin eine sehr große Zahl,
wenn nicht alle, begriffen haben, was sie zu

thun hatten; man ist glücklich, inmitten des neun=
zehnten Jahrhunderts etwas wieder zu finden, das
uns so sehr an die alten Hugenotten und an
die Feldzüge Gustav Adolphs erinnert. Aber
dem alten Geist zur Seite ist's das neunzehnte
Jahrhundert mit allen seinen Hülfsmitteln, mit
seinen Errungenschaften, und es bedürfte noch
geraume Zeit, wenn wir von gar nichts als von
der Presse, von Traktaten, Bänden, Biblio=
theken, ja einer vollständige Literatur für die
Armee reden wollten. Kürzen wir ab! — Alles,
was gethan werden konnte, damit kein Sterbender,
weder in den Hospitälern noch auf offenem Felde
sterben sollte, ohne noch ein Wort des Trostes
zu vernehmen, das ist geschehen. Alles, was
gethan werden konnte, damit nicht ein Soldat
mehr sich finde, der es nicht gelernt hätte, an
seine Seele zu denken, seinen Heiland zu erkennen
und zu lieben — das hat man auch gethan,
und wer vermag zu sagen, wie viel Seelen, die
nun in Gottes Schooße ruhen, heute diejenigen
segnen, welche ihnen das Evangelium gebracht
haben, oder wie viel andere Kämpfende, die
diesem schrecklichen Kriege entgangen sind, ihn
segnen werden, weil er sie zu Christen gemacht

hat. Europa, ich sage nicht das protestantische
Europa, dessen Lobreden verdächtig sein könnten,
aber das andere, sei es nun katholische oder gleich=
gültige oder ungläubige und jedenfalls anfangs
sehr theilnahmlose Europa — hat doch endlich
freimüthig seine Bewunderung gezollt. Ein Volk,
welches daran arbeitet, seine Soldaten zu Christen
zu machen, eine Armee, deren verschiedenste Ele=
mente vom gröbsten Unglauben bis zum noch
gröberen Katholicismus, sich unter dem Einfluß
des alten National=Elementes ein ernstes, geist=
liches und fruchtbares Christenthum an den Tag
gelegt haben — das ist's, was diese vier Jahre
uns darboten, ein tröstliches Bild, das noch über
so manche traurigen Erinnerungen hervorragen
wird. —

VII.

Mai 1864 — April 1865.

~~~~~

I. Eine achttägige Schlacht. — Eroberung von Atlanta. — Weise Zögerung. — Eroberung von Savannah. — Konferenz. — Eroberung von Charlestown. — Die Stunde wird schlagen. — Richmond geräumt. — Ein Neger-Regiment. —

II. Wahl von 1864. — Schwankungen. — Lincoln wiedergewählt. — Erregung des Südens. — Begeisterung des Nordens. — Abschaffung der Sklaverei. — Rührender Auftritt. —

III. Schmerzliche Theilnahme. — Installations-Rede. — Urtheilen wir nicht! — Aergernisse. — Das mit Blut bezahlte Blut. — Gottes unwandelbare Gerechtigkeit. — Wer sich erniedrigt, der wird erhöhet werden. — Letzte Ereignisse. — Rede vom 11. April. — Nun, noch sehr große Aufgabe. — Hoffnung und Zuversicht. — 1865. —

IV. Der 14. April. — Ministerrath. — Ein Traum. — Kriegserneuerungen und Friedenselemente. — Kein Krieg nach außen. — Beabsichtigte Milde. — Letzte Zeilen. — Der Mord. —

V. Wenige Bemerkungen. — Die ganze Welt. — Bei Lincoln bedurfte es dieses Todes nicht. — Unser Jahrhundert

mochte solcher Erschütterung bedürfen. — Das Beispiel muß
wirken. — Aber wie? — Der Gott Lincolns. —

I.

Das Jahr 1864 sollte noch sehr hart werden
und bald genug sollte man sich überzeugen, daß
der Vorbereitungen, welchen man Winter und
Frühling gewidmet hatte, nicht zu viele waren.

Der Feldzug ward Anfangs Mai eröffnet
und zwar durch eine ungeheure Schlacht, die nicht
weniger als acht Tage dauerte. Es handelte sich
für die Konföderirten darum, ihre Hauptstadt
Richmond, die von drei Seiten bedroht war, zu
retten. Der Endvortheil blieb dem Norden, aber
nicht so, daß man auf Richmond marschieren
konnte. Fast ein Jahr sollte noch vergehen, bis
die Fahne der Union auf ihren rauchenden Ruinen
flatterte.

Im Juni und Juli fanden neue Gefechte
statt, immer solche Gefechte, die man anderwärts
Schlachten nennen würde. Fast überall errang
der Norden Erfolge, nie aber entscheidende; doch
vermochte er dadurch die Erschöpfung des Südens
immer mehr herbeizuführen.

Im August und September ging es einige
Schritte weiter. Atlanta, das militärische Cen=
trum, das Herz der Konfederation, deren Kopf
Richmond ist, ward erobert. Gefechte fanden an
mehreren Punkten mit gutem Erfolg statt. Das
Territoir der Konfederation ist zu zwei Dritt=
theilen durch die Unionisten belagert. Viele Leute
des Nordens wünschten nun, daß man schnell
vorrücke. Grant, der da besser wußte, was der
Süden noch vermochte, bestand darauf, nur
Schritt für Schritt vorwärts zu gehen. Der
Präsident billigte es.

In den letzten Monaten des Jahres zeigten
sich immer noch langsame, aber sichere Erfolge
und am 22. Dezember erhielt Lincoln folgende
Depesche:

„Erlauben Sie mir, Ihnen als Weihnachts=
geschenk die Stadt Savannah mit einhundert
und fünfzig Kanonen, vieler Munition und
25,000 Baumwollenballen anzubieten.

Shermann, Generalmajor.

Vollenden wir. Der Winter sollte dießmal
keine Unterbrechung der Feindseligkeiten herbei=
führen.

Mehr und mehr in die Enge getrieben, ver=
langten die Konfederirten im Januar eine Kon=
ferenz. Lincoln begibt sich selbst nach der Festung
Monroe, dem bezeichneten Ort der Zusammen=
kunft und stellt folgende Bedingungen:

Wiederherstellung der Union;

Abschaffung der Sklaverei;

Kein Waffenstillstand bis zur völligen Unter=
werfung. Das hieß als Sieger sprechen. Er
hatte das Recht dazu; ja es war sogar seine
Pflicht; jede Nachgiebigkeit wäre jetzt eine
Schwachheit gewesen und hätte das Werk von 4
Jahren kompromittirt.

Der Krieg wird also fortgesetzt. Die Armee
des Potomak nähert sich nach einem sehr leb=
haften Gefecht Richmond. Den 18. Februar
wird Charlestown, die Hauptstadt von Süd=
Karolina genommen, die Stadt, welche das Sig=
nal zum Aufruhr gegeben hat. Noch fanden
auf einigen Punkten Gefechte statt, die hie und
da für den Süden glücklich ausfielen.

Aber gegen Mitte März weist Alles darauf
hin, daß bald die Entscheidungsstunde schlagen
wird. Die Kräfte der Bundesarmee concentriren
sich von allen Seiten gegen Richmond. Der

Präsident selbst läßt sich in City=Point nieder,
nicht weit von den Orten, wo der letzte Akt des
großen Schauspiels vor sich gehen sollte. Vom
29. März auf den 2. April findet ein Gefecht
nach dem andern statt; Ströme von Blut fließen
und am Morgen des 3. April vernimmt man,
daß der Präsident des Südens geflohen ist. Aber
die Stadt ist in Flammen. So lohnte der Führer
der Revolution dieser Stadt, die soviel für ihn
gelitten hatte. Die Federirten eilen herbei und
durch einen jener Zufälle, welche für den, der
an einen gerechten Gott glaubt, nicht existiren,
muß gerade ein Negerregiment zuerst die
Hauptstadt der Sklaverei betreten. Aber nicht
die Rache bringen sie — oder vielmehr ja: die
christliche Rache. Sie löschen das Feuer, beschützen
das Eigenthum und die Personen, und Lincoln,
der nach ihnen eingezogen ist, wird mit Freude
bezeugen können, daß keinerlei Gewaltthat und
Unordnung diesen letzten Sieg gekennzeichnet hat.

II.

Ein großes Ereigniß war kurz vorher vor
sich gegangen. Lincoln war am 4. März zum

zweiten Mal als Präsident der Union installirt
worden.

Die Präsidentenwahl war nebst dem Kriege
das große Ereigniß von 1864 gewesen. Lincoln's
Wiederwahl hatte bald gewiß, bald zweifelhaft
geschienen; gewiß, wenn seine Zuversicht durch
Siege gerechtfertigt ward — zweifelhaft, wenn
Niederlagen oder zu theuer erkaufte Siege den
Liebhabern des Friedens Recht zu geben schienen.
Deren Kandidat war Mac=Clellan, unglücklich
als General, wenig bekannt als politischer Mann,
aber den Gedanken einer Uebereinkunft mit dem
Süden am besten repräsentirend. Es war nament=
lich die Eroberung von Atlanta, welche den Hoff=
nungen einen neuen, kräftigen Aufschwung gab
und entschieden die Majorität auf Lincolns Seite
wandte. Er hatte immer gesagt, daß er auf
die gute Gesinnung seines Volkes zähle. „Sollte
man im letzten Augenblick sich der Gefahr aus=
setzen, die Frucht so vieler Anstrengungen zu ver=
lieren? Wer wird inmitten einer Furth die
Pferde wechseln?" hatte er gesagt. So dachte
auch die Mehrheit, eine beträchtliche Mehrheit
und Lincoln wurde für 4 Jahre wiedergewählt.

Der Süden empfing diese Nachricht mit

Schmerz, ja mit Wuth. Er berechnete seit lange, was für ihn ein Wechsel taugen konnte, sei er welcher Art er wolle; wäre auch der neue Präsident unter den Freunden des Alten gewesen, nur der Uebergang der Autorität in andere Hände konnte Hoffnungen eröffnen, die nahezu erloschen waren. Und wo wäre überdieß ein zweiter Lincoln gewesen? Wer hätte jemals soviel Muth mit soviel Sanftmuth vereinigt und in diesem Punkt recht eigentlich alles Unrecht der Gegenpartei gelassen? Aus dieser Mißstimmung, aus diesem Zorn mochte sich in einigen Herzen der Gedanke eines Attentats bilden, das wir durchaus nicht als ein öffentliches Verbrechen, als ein Werk des Südens betrachten, das aber nichtsdestoweniger seiner Sache den letzten Schlag versetzt hat.

Die Wiederwahl Lincolns gab daher im Norden allen Dingen neues Leben und man darf nicht zweifeln, daß sie zu den Erfolgen, welche den Ausgang beschleunigten, wesentlich beitrug. Er selbst fühlte sich seinerseits stärker und wohler und seiner Aufgabe mehr gewachsen und, wie wenn er darauf gehalten hätte, daß das große Geschäft der Emanzipation noch unter dem ersten

Lincoln, der es angefangen hatte, seine Krönung
erhielte, drängte er noch vor dem Ende seiner
ersten Präsidentschaft den Kongreß zu dessen
Beendigung. Alles war für diesen großen Akt
vorbereitet und im Einzelnen überall, wo die
Waffen der Union hingedrungen waren, schon
vor sich gegangen. Auch die Zukunft war schon
bestimmt, denn alle die Territorien, welche dazu
bestimmt waren einmal Staaten zu werden,
waren zum Voraus als freie Staaten erklärt
worden, was, wie wir uns erinnern, sagen wollte,
daß in denselben die Sklaverei keine Stätte finden
sollte.

Eine allgemeine und feierliche Deklaration
konnte daher dem, was bereits faktisch bestand,
nichts beifügen; aber sie wurde nichtsbestoweniger
erwartet und durch das öffentliche Gewissen, durch
das aufmerksame Europa und möchten wir gerne
hinzufügen, durch alle diese Generationen von
Sklaven gefordert, die seit so vielen Jahrhun=
derten nur im Grabe ihre Befreiung gefunden
hatten. So wird der 30. Januar 1865 immer
ein wichtiger Datum in der Geschichte Amerikas,
ja in der Geschichte der Menschheit bleiben. Dieß
war der Tag, wo die Repräsentanten = Kammer

in Washington die Sklaverei in den Vereinigten
Staaten als abgeschafft erklärte. Das Gesetz
darüber besteht in einem einzigen Artikel. Keine
Redensarten, keine geistreichen Worte; große Ereig=
nisse bedürfen ihrer nicht. Aber im Augenblick,
wo der Präsident der Versammlung das Resultat
der Abstimmung proklamirte, erzitterte der Saal
von begeistertem Beifallrufen. Bald vermochte
das Beifallsrufen den herrschenden Gefühlen nicht
mehr hinlänglich Ausdruck zu geben. Man drückt
sich die Hände, man umarmt sich; Thränen
fließen. Man dankt Gott, diesen Tag gesehen
zu haben; man wiederholt freudig den Namen
des Mannes, dessen geduldige, aber unerschütter=
liche Weisheit soviel dazu beigetragen hat, ihn
herbeizuführen.

Unter dem ganzen Gewicht dieses friedlichen
Ruhmes, unter dem Beifall seines ganzen Volkes
und Europas trat Lincoln fünf Wochen hernach
seine zweite Präsidentschaft an.

III.

Ein schmerzliches Interesse knüpft sich von
da an an alle seine Handlungen. Fast wider
Willen berechnet man die Wochen und die Tage,

die ihm noch zu leben bleiben; man sieht überall
hinter ihm die Hand des Mörders; man über=
rascht sich, wie man noch die Hand des Frevlers
aufhalten will und ist hiebei überrascht, bei
Lincoln selbst weder Ahnungen noch Furcht zu
gewahren. Nichts von alledem; aber es gibt bes=
seres. Es gibt eine Seele, die ohne diese geheim=
nißvollen Warnungen zu bedürfen, sich durch ihre
Aufgabe selbst und durch das stets wachsende
Gefühl ihrer Verantwortlichkeit und durch die
immer festere Ueberzeugung, daß sie, das ganze
Volk, alle Dinge in der Hand Gottes sind, er=
hebt. Niemals hatte Lincoln noch einen so ernsten,
so religiös melancholischen Ton angeschlagen, wie
in seiner Installationsrede. Wir haben gesehen,
wie zu dieser Zeit die Dinge standen. Große
Erfolge waren gemacht, größere waren noch zu
erringen; denn Richmond war nicht genommen;
Lincoln geht kurz über die errungenen Erfolge
hinweg und was die zukünftigen Kämpfe, die
noch zu hoffenden Siege anbelangt, verspricht er
nichts, Gott, Gott allein ist der Herr. „Keine
der beiden Parteien,“ sagt er, „dachte im An=
fang an die Ausdehnung dieses Krieges; Kei=
ner dachte, daß die erste Ursache des Kon=

flifts — die Sklaverei noch vor dem Ende des
Krieges verschwinden sollte. Jeder glaubte einen
leichtern Sieg, ein weniger gründliches, weniger
überraschendes Resultat zu haben. Alle Beide
lesen dieselbe Bibel und beten zu demselben Gott;
alle beide rufen seine Hülfe an. Es mag wirklich
befremden, daß man die Hülfe eines gerechten
Gottes anruft, um sich von dem Schweiß anderer
Menschen zu nähren; aber richtet nicht, auf daß
ihr nicht gerichtet werdet *). Gott würde so
weder die Einen noch die Andern erhören;
Gott hat auch in der That keine von beiden
Parteien vollständig erhört; denn der Allmäch=
tige hat seine Absichten. Wehe der Welt
der Aergernisse halber; denn es muß ja
Aergerniß kommen; aber wehe dem Menschen,
durch welchen Aergerniß kommt **). Wenn wir
hinzufügen, daß die amerikanische Sklaverei eines
dieser Aergernisse war, die unter Zulassung
Gottes geschehen konnten, die aber, nachdem sie
die ganze ihnen bestimmte Zeit gedauert haben,
nach Seinem Willen verschwinden müssen — wenn
wir hinzufügen, daß Er es ist, der zugleich über

*) Matth. 7, 1. **) Matth. 18, 7.

Nord und Süd diesen schrecklichen Krieg verhängt hat, als Strafe für diejenigen, durch welche das Aergerniß gekommen ist; werden wir da nicht gewahr, daß jenen göttlichen Vollkommenheiten, welche diejenigen, die an den lebendigen Gott glauben, Ihm zuschreiben — kein Abbruch geschieht. Inbrünstig hoffen und inbrünstig flehen wir, daß bald diese harte Züchtigung des Krieges aufhören möge; wenn es nun aber Gottes Wille ist, daß sie über uns bleibe bis zur völligen Vernichtung alles dessen, was seit zwei und einem halben Jahrhundert die unbezahlte Arbeit der Sklaven eingebracht hat, bis jeder Tropfen unter der Geißel geflossenen Blutes mit einem Tropfen unter dem Schwerte vergossenen Blutes bezahlt ist — so werden wir dann noch sagen müssen, daß die Gerichte des Herrn heilig und gerecht sind. Strengen wir uns an, unser Werk ohne Uebelwollen gegen irgend Jemanden, mit Liebe zu Jedermann zu vollenden und gestützt auf das Recht, wie es uns Gott zu erkennen gibt, die Wunden der Nation zu lindern; denken wir an die, welchen der Tod und die Schlacht entgegengetreten ist, an die Wittwen und an die Waisen und thun wir Alles, was einen gerechten und dauernden Frieden zwischen uns und mit allen Nationen herstellen und befestigen kann."

Die Nachwelt wird wohl Mühe haben, zu glauben, daß der Mann, der so sprach, über 600,000 Menschen zu gebieten hatte. Aber wer sich erniedrigt, der wird erhöhet werden! spricht die Schrift. Die edle Demüthigung unter die Hand Gottes des Herrn — diesen Antheil an den Missethaten, den er auf sich nahm und für welchen er sich hätte außer Verantwortung erklären können — nahm Gott an als das beste Gebet. — Einen Monat nachher ward die feind= liche Hauptstadt genommen. Acht Tage später legte die Hauptarmee der Konfederirten die Waf= fen nieder. Andere Armee=Korps folgen alsobald. Der Rest unterhandelt und wird sich augenschein= lich bald ergeben. Ohne Voreiligkeit und ohne irgend welche Unklugheit darf man jetzt wohl den Krieg als beendigt ansehen. „Da sind wir diesen Abend vereinigt," sagt Lincoln am 11. April, „nicht in Trauer, wohl aber in herzlicher Freude! Welcher Ausbruch dieser Freude in aller Freiheit! Nur vergessen wir Den nicht, von Welchem aller Segen ausgeht. Ein Dank=, Bet= und Bußtag wird nächstens festgesetzt werden; die Proklamation

ist vorbereitet. Vergeſſen wir auch derer nicht,
deren ſchwierige Aufgabe uns dieſe Freude bereitet
hat. Ich war nahe bei der Armee, und mir
ward die ſehr große Freude zu Theil, Euch die
guten Nachrichten zugehen zu laſſen; was aber
den Plan, was deſſen Ausführung anbelangt,
da gebührt mir keine Ehre. Die Ehre gebührt
dem General Grant, ſeinen geſchickten Offizieren
und ſeinen tapfern Soldaten.“

Die härtere Aufgabe ſollte nun freilich von
dem General auf den Mann übergehen, der alle
Wunden des Landes, die materiellen, politiſchen
und moraliſchen zu heilen hatte. Aber obwohl
er ſich gar nicht verhehlt hatte, welche Arbeit
auf ihn wartete, wenn er die Union, wenn er
vor Allem jeden der beſiegten Staaten wiederher-
ſtellen, und hiezu die Rechte des Sieges mit
denen der Freiheit vereinbaren, wenn er den
Schwierigkeiten einer nicht vorbereiteten Emanzipation ſteuern mußte — ſo war er doch voll
Hoffnung und Zuverſicht. — Dieſe Zuverſicht
ſchöpfte er fühlbar nicht aus einer hohen Meinung
von ſeinem Verſtande und ſeiner Kraft, ſondern
aus ſeinem ſanften Herzen, ſeinen väterlichen
Abſichten, die alle, wie es ihm ſchien, erkennen

und unterstützen sollten. Alle, das war zuviel;
aber Viele, der größte Theil, das war gewiß.

Lincoln konnte hoffen, in diesen 4 Jahren
alle Uebel der Nation zu beseitigen. Er hatte
im Jahr 1861 gesagt, daß Niemand seit Was=
hington eine so furchtbare Aufgabe vor sich ge=
habt habe. Er hätte im Jahr 1869 die Auf=
gabe erfüllt sehen und dankerfüllt gegen Gott
im Frieden grau werden können unter der Fahne,
die für ihn wieder das Emblem der wahren
Freiheit, der wirklichen Gleichheit, der Brüder=
lichkeit durch das Evangelium geworden war.

IV.

So nahte der 14. April. Der Ministerrath
hatte sich bei dem Präsidenten versammelt und
Grant, der Sieger von Richmond, wohnte bei.
Man erwartete von Augenblick zu Augenblick die
Nachricht von der Uebergabe Johnson's und seines
Armee=Korps, und plauderte eigentlich mehr als
man beleberirte, der Präsident war bei Laune.
Er erzählte halb im Scherz, halb im Ernst
einen Traum, den er gehabt hatte, einen Traum,
deren er stets am Vorabend wichtiger Ereignisse hatte.
Der Traum war sehr einfach: ein rasch segelndes

Schiff. Darauf brachte er die Rede auf die
Generale der Konfederirten, Lee, Johnson und
Andere und bedauerte sie, daß sie einer so schlechten
Sache gedient hatten, während er ihrer Uner=
schrockenheit und ihren Talenten alle Anerkennung
zollte. Er sprach den Gedanken aus, daß Leute,
die sich in den Gefechten kennen gelernt haben,
nicht ermangeln können, sich gegenseitig zu achten
und daß so nach beendigtem Krieg die Kriegs=
erinnerungen noch Friedenselemente bergen. Aber
er wies den Vielen so theuren Gedanken, aus
den Vereinigten Staaten eine große Militärmacht
zu machen, da nun die Union reich an Soldaten
und guten Generalen sei, entschieden zurück. Es
genügte ihm die Leistungsfähigkeit dieses Volkes
kennen gelernt zu haben und seine Aufopferungs=
fähigkeit in außergewöhnlicher Gefahr; aber es zu
einer Kriegsmacht erziehen, es gewöhnen, durch
die Waffen auf die Weltereignisse einzuwirken, an=
statt einfach das Beispiel einer freien, starken,
gründlichen, schützenden Civilisation zu geben,
das hieße, alle gewonnenen Resultate compromit=
tiren und alle Wohlthaten einer barmherzigen
Vorsehung verkennen.

Man hörte ihn an diesen Tagen noch wieder=

holt die Absicht aussprechen, soviel an ihm liege, die Gehässigkeiten der letzten vier Jahre zu vergeben und zu vergessen.

Hatte es ihm oft Mühe gemacht und ihn innerlich beunruhigt, der Führer und die Seele eines so schrecklichen Krieges sein zu müssen, so tröstete ihn jetzt — der Gedanke, daß er nun eben soviel Sanftmuth und Milde den Besiegten gegenüber zeigen dürfe, als er während des Krieges Unbeugsamkeit an den Tag legen mußte.

Der Abend kam. Er hatte die Absicht ausgesprochen, ins Theater zu gehen.*) Als er eben ausgehen wollte, meldete man ihm einen seiner Freunde, welcher noch Jemanden bei ihm hatte und mit ihm sprechen wollte. Er nahm eine Karte und indem er sie auf sein Knie legte, schrieb er: „Hr. Ashmun und sein Freund sollen morgen Vormittags 9 Uhr empfangen werden — A. Lincoln." — Dieß sind die letzten Worte, die er geschrieben hat.

---

*) Man hat sich in Europa verwundert, daß Lincoln am Charfreitag ins Theater gegangen ist. Die strenge Calvinische Auffassung, die fast in allen Kirchen Amerikas beobachtet wird, besteht darin, daß nur der Sabbath als von Gott eingesetzt, von den Christen gefeiert werden soll. Die Osterwoche ist daher dort eine Woche wie jede andere.

Und sollen wir nun wieder im Einzelnen erzählen, was Jedermann gelesen und mit zu großer Bewegung gelesen hat, als daß man es je wieder vergessen könnte?

Lincoln befand sich in seiner Loge und Mad. Lincoln zu seiner Seite. Gegen halb eilf Uhr vernimmt man einen Pistolenschuß. Der Präsident sinkt zusammen. Ein Mann, der Mörder springt aus der Loge auf die Bühne, ruft: Sic semper tyrannis — und entweicht durch die Coulissen. Lincoln wird in ein benachbartes Haus gebracht. Es ist keine Hoffnung mehr, die Kugel ist im Kopf geblieben. Den folgenden Morgen gegen 7 Uhr haucht Lincoln seine Seele aus, ohne daß er wieder zur Besinnung gekommen ist.

V.

Wenn es uns unnütz geschienen hat, die Einzelnheiten zu vermehren, sowie auch die Wuth, die Bestürzung, den ungeheuren Schmerz des ganzen Landes hervorzuheben, so wäre es eben so unnütz die Betrachtungen darüber noch zu vervielfachen. Wenn wir gesagt haben werden, daß die ganze Welt diese Wuth und Bestürzung theilte,

so werden wir uns damit erst nicht einer jener
rednerischen Formen bedient haben, von welchen
man auch bei der aufrichtigsten Leichenrede noch
viel in Abzug bringen muß. Buchstäblich hat
die Nachricht von Lincolns Tode auf der ganzen
Oberfläche der Erde bei allen Völkern, die civi-
lisirt genug waren, wenigstens nur annähernd
zu wissen, was Lincoln war, eine schmerzliche
Bewegung hervorgerufen. Und nicht nur bei
allen Völkern, vielmehr in jedem Volk bei den
Leuten der verschiedensten politischen und religiösen Meinung, jedes Standes und jedes Ranges,
Herren und Unterthanen, Monarchieen und Repu-
bliken, Alle haben über dem Grabe Lincolns mit
einer Einmüthigkeit geklagt, die in der Geschichte
kein zweites Exempel aufzuweisen hat.

Aber was in diesem allgemeinen Schmerz
Ehrendes für Lincoln lag, war das Zeugniß,
daß er in der Achtung und Liebe aller Völker
beständig und regelmäßig gewachsen war. Durch
diese Theilnahme setzte man der Achtung und
Liebe die Krone auf. Die Geschichte hat der
tragischen Todesfälle genug, die zu größerer Achtung der Opfer das Ihre beigetragen haben und
mit Palmen des Märtyrerthums bedeckten, was

sonst nicht eben edel zu sehen war oder wenigstens mittelmäßigen Tugenden einen Glanz verliehen, welchen sie sonst nie gehabt hätten. Hier bei diesem Donnerschlag, wie Bossuet gesagt haben würde, kein Umschwung (der öffentlichen Meinung) denn Geister und Herzen waren erobert — keine plötzliche Verzeihung; denn es gab nichts zu verzeihen, wie es denn auch für die Geschichte, was wir schon Anfangs bemerkten, nichts zu verhehlen gibt. Nicht daß Lincoln durch diesen blutigen Tod nichts gewonnen hätte. Das Märtyrerthum ist immer ein glückliches Ereigniß. Aber dieser glückliche Zufall kann einem jeden andern, auch demjenigen passieren, der seiner am wenigsten werth ist. Lincoln hatte ihn verdient; Lincoln bedurfte seiner nicht.

Ja wir vielleicht mit unsern schwachen Ueberzeugungen, unserm Gefallen für das Böse, unserm Schrecken vor großen Aufgaben, wir hätten es vielleicht nöthig, daß gerade durch diesen Tod erst der größte Mann unseres Jahrhunderts uns erhaben und zu einem großen und heiligen Exempel würde. Werden wir es wissen, werden wir es verstehen wollen? Es ist wenigstens schon etwas — erkennen wir es mit Freuden, um

diese lebendige Theilnahme, um diese Aufrichtig=
keit und Einmüthigkeit unserer Anerkennung. Ja,
man ist glücklich, angesichts dieses allgemeinen
Schmerzes sagen zu können: Es ist doch noch
eine Lebenskraft in den Seelen. Angesichts
dieser Anerkennung ist man glücklich, bestä=
tigen zu können, daß der Mann, welchem sie
gezollt wird, groß gewesen ist durch die Sitt=
lichkeit, durch den Kultus der Grundsätze, durch
die Demuth, groß namentlich durch das Christen=
thum und daß über diesem Grabe eine Versöhnung
des Christenthums und des Jahrhunderts statt=
gefunden hat. Aber diese Freude könnte zu nichts
führen. Das Beispiel muß wirken und die Herzen
müssen sich zu dem Ende einem mächtigeren Ein=
fluß, als je ein Mensch und wäre er der bewun=
dertste und größte, auszuüben vermag, öffnen. —
Nur zu leicht könnte man sich mit der Bewun=
derung begnügen, die man empfunden haben
wird, nur zu leicht sich mit seinem erschrockenen
Gewissen wieder erholen, mit seinem furcht=
samen und faulen Herzen sich wieder zurückziehen,
weil man es wird schlagen gehört haben vor
einem schönen Leben und vor einem ruhmreichen
Tod — einem Leben, das man nie nachahmen,

einem Tode, welchem man nie sich aussetzen wird. Noch einmal, dort ist die Quelle nicht; das Beispiel wird nur denen dienen, die anderwärts Kraft und Zuversicht schöpfen. Da ist sie, diese Quelle, wo der Mann, den wir beweinen, sie gesucht und gefunden hat. Da ist sie, wo sie vor ihm alle diejenigen gefunden haben, die zu gleicher Zeit vor Gott und vor den Menschen groß gewesen sind. Sie ist in Gott selbst, der einigen Quelle aller wahren Größe und der Gott Lincolns war — vergessen wir es nicht — der Gott des Evangeliums.